BEYOND BERLIN

Teil 2 | Ins Ungewisse

W0076918

in Farbe und Bunt

BJÖRN SÜLTER

BUCH & AUTOR

Yula hat alles verloren: Ihre Mutter, ihr Zuhause, ihre Welt. Die nächste große Herausforderung liegt jedoch noch vor ihr. Irgendwo in New Berlin befindet sich ihre Schwester. Was wird sie dort erwarten? *(Teil 2 von 3)*

Der Autor und Medienjournalist Björn Sülter schreibt Romane und Sachbücher und ist seit zwanzig Jahren für Print- und Onlinemagazine journalistisch aktiv.

Er spricht Hörbücher, präsentiert den Podcast *Planet Trek fm* und moderiert auf Veranstaltungen.

Sein Sachbuch *Es lebe Star Trek* wurde 2019 mit dem *Deutschen Phantastik Preis* ausgezeichnet. 2020 erscheint von ihm der erste Teil der Reihe *Die Star-Trek-Chronik*. Zudem liefert er Jugendbuch-Reihen wie *Ein Fall für die Patchwork Kids* und *Die Sagentür*.

Björn Sülter lebt mit Frau, Tochter, Pferden, Hunden und Katze auf einem Bauernhof irgendwo im Nirgendwo Schleswig-Holsteins.

IMPRESSUM

Originalausgabe | © 2020
in Farbe und Bunt Verlag
Am Bokholt 9 | 24251 Osdorf

www.ifub-verlag.de
www.ifubshop.com

Herausgeber: Björn Sülter
Lektorat & Korrektorat: Telma Vahey & Jacqueline Mayerhofer
Cover-Gestaltung: EM Cedes
Satz & Innenseitengestaltung: EM Cedes

Print-Ausgabe gedruckt von:
Bookpress.eu, ul. Lubelska 37c, 10-408 Olsztyn

ISBN (Print): 978-3-95936-194-1
ISBN (Ebook): 978-3-95936-138-5
ISBN (Hörbuch CD): 978-3-95936-196-5
ISBN (Hörbuch DL): 978-3-95936-195-8

Inhaltsverzeichnis

Erinnert euch daran,
nach oben in die Sterne zu blicken,
nicht nach unten auf eure Füße!
Versucht, dem was ihr seht,
Sinn zu geben, und fragt euch,
was das Universum existieren lässt.
Seid neugierig.

(Stephen W. Hawking)

I. Regen

Manchmal führt unser Weg an einen Punkt, der keinen Sinn zu ergeben scheint. An jedem erbärmlichen Tag versuchen wir, unsere aus den Fugen geratene Existenz irgendwie zu begreifen, damit zu leben und die Risse zu kitten.

Doch gibt es überhaupt einen Ausweg? Ist morgen nicht immer wieder gestern?

Wenn wir zu Spielbällen unserer Umwelt werden und im großen Plan nur noch eine Statistenrolle einnehmen, wie sehr beeinflussen wir unser Schicksal dann überhaupt noch?

Und so führt uns der Weg manchmal auch in eine Sackgasse, aus der ein Entrinnen unmöglich erscheint.

Es sei denn, man entscheidet sich zur Flucht nach vorn und nimmt an, was das Leben bereithält.

Voraus, ins Ungewisse.

II. Hölle

Erstarrt blieb Yula stehen. Hinter ihr hatte etwas geknackt. Wie nah es war, vermochte sie nicht abzuschätzen. Angst kroch in ihr hoch.

Hatte sie den Kerl etwa immer noch nicht abgeschüttelt? Konnte er es überhaupt sein? Es war schließlich nicht so, dass sich zu dieser Zeit nur ein einziges perverses Schwein in den Straßen Berlins herumtrieb.

Sie rannte noch gut zweihundert Meter weiter und fand einen alten Eisenbahnwaggon, der zwar kein Dach mehr besaß, sonst aber noch in gutem Zustand zu sein schien. Sie war offenbar ganz in der Nähe des alten Güterbahnhofs. Seitlich hinter dem Waggon befand sich eine dunkle Ecke. Yula krabbelte hinein und lauschte. Nichts.

Für den Moment war sie erstmal sicher. Erschöpft lehnte sie sich gegen die kahle Seitenwand und atmete tief ein. Die Luft fühlte sich schmerzhaft kalt an. Wie lange war sie nun bereits draußen?

Ihre Eltern hatten ihr immer wieder eingebläut, sich an solchen Tagen nicht länger als drei Stunden den unwirtlichen Temperaturen auszusetzen. Doch heute waren es sicher schon acht. Yula ärgerte sich über ihre eigene Dummheit. Warum musste dieses verdammte Hilfspaket auch ständig verspätet sein?

Sie erinnerte sich, wie der Tag begonnen hatte.

Freudig erregt ob des monatlichen Hilfspaketes, das sich bald in ihren Händen befinden würde, war sie schon früh am Morgen aufgewacht und aus dem Bett gehüpft.

Zwar war der Andrang um diese Zeit am größten, doch manchmal traf sie auch ein paar Bekannte und konnte sich unterhalten. Denn auch wenn man nur die Hälfte der Geschichten glauben durfte, die bei solchen Gelegenheiten erzählt wurden, war das immer noch besser, als die ganze Zeit alleine zu verbringen.

Das Leben in Berlin war hart für Yula, seit ihre Familie in den Osten gegangen war. Sozialkontakte führten in der Regel zu Problemen, die man besonders als Frau lieber vermeiden wollte. Und Vertrauen gehörte ohnehin nicht zu ihren größten Stärken. Es war eindeutig besser, sich nur mit dem monatlichen Smalltalk zu begnügen.

Die Routine war dabei immer die gleiche. Man stellte sich in eine Reihe, die mit gelben Absperrbändern gekennzeichnet war. Dann ging es je nach Tagesform der Helfer im Charlottenburger Schloss im Schnecken- oder Schildkrötentempo voran. Man hatte also viel Zeit. Einige der Wartenden sprachen miteinander, andere schwiegen. Einige betranken sich, sodass sie ihr Paket am Ende gar nicht mehr annehmen konnten, oder sie führten Selbstgespräche. Von diesen beiden Sorten von Mitmenschen hielt man sich besser fern.

Am Anfang der Schlange überprüften Helfer die Rechtmäßigkeit des Anspruchs anhand des subkutanen Implantats und eines aktuellen Stempels des CIT. Außerdem wurden alle Anwesenden pingelig nach Waffen abgesucht. Ganz schlimm konnte es also eigentlich nie werden. Dort, wo man abgetastet wurde, standen für gewöhnlich auch mindestens fünfzig Uniformierte mit schweren Waffen herum. Auch auf kleinen Türmen waren einige platziert, die im Bedarfsfall für Ordnung sorgen konnten. ›Scharfschützen‹ hatte ihr Vater diese immer genannt.

Es war jedesmal eine ziemlich unwirkliche Situation. Als ›Tag der Hilfe‹ bezeichnete der Kanzler diesen monatlichen Termin und lobte sich und seine Regierung regelmäßig und überschwänglich für die wunderbare Unterstützung der Menschen in den dunklen Zonen. Doch warum fühlte man sich dann wie in einem Kriegsgebiet?

Wenn man nach vielen Stunden schließlich an der Reihe war, wurde erneut das subkutane Implantat ausgelesen. Es musste ja alles seine Ordnung haben. Erst dann durfte man mit einem kleinen nummerierten Zettel zur Ausgabe schreiten. Dort war die Schlange der Wartenden genau so lang wie am Eingang, aber das Absperrband war blau. Mit dem Hilfspaket unter dem Arm hieß es dann, den Rückweg anzutreten. In Yulas Fall war das nur ein Katzensprung, doch passierte es selbst auf derart kurzen Strecke oft, dass verzweifelte Mitmenschen versuchten, mit Gewalt an das begehrte Paket zu kommen. Insbesondere solche, die aus vielerlei unschönen Gründen keinen Anspruch auf Hilfe hatten, waren oft zu allem bereit. Alleine zu gehen war daher keine gute Idee. Doch was sollte man tun, wenn man niemandem trauen konnte?

Auch an diesem Morgen lief alles wie gewohnt ab. Yula hatte zunächst ihre Frisur in Form gebracht und die schönste Kleidung übergeworfen, die ihr Schrank hergab. Nun ja. Die Frau von heute trug grau. Einige der Teile hatte sie schon grau erhalten, andere waren mit der Zeit grau geworden. Dennoch tat man natürlich, was man konnte, um diesen besonderen Tag zu begehen. Es war ein wenig wie Weihnachten. Und das sogar jeden Monat!

Beschwingt schloss Yula ihre Tür ab und machte sich auf den Weg. Sie bog in die kleine Haubachstraße ein, um den Drogenabhängigen am Richard-Wagner-Platz aus dem Weg zu gehen. Nach ausgebombten Tankstellen und einer verwahrlosten Grundschule erreichte sie schließlich eine große Kreuzung, an der die Otto-Suhr-Allee und der Spandauer Damm aufeinandertrafen. An einem alten Gebäude baumelte ein Schild, das es als Botschaft der Kirgisischen Republik kennzeichnete. Yula wusste zwar, was eine Botschaft war, hatte aber immer nachlesen wollen, was es mit diesem Land auf sich hatte. Von hier waren es nur noch wenige Meter bis zu ihrem Ziel.

Doch stimmte an diesem Morgen irgendetwas nicht. Es waren zwar einige Menschen auf den Straßen unterwegs, aber man sah klar und deutlich, dass sich vor dem Schloss noch keine Schlange gebildet hatte. Auch die gelben Absperrbänder leuchteten ihr nicht wie sonst aus der Entfernung entgegen. Yula beschleunigte ihre Schritte.

Als sie am Sammelpunkt angekommen war, traf es sie wie ein Stich ins Herz. Auf einem großen handgeschriebenen Schild stand: *Hilfspakete verspätet. Bitte in zwei Tagen erneut vorstellig werden. Danke. Die Regierung.*

Verdammt! Yula trat nach einer herumliegenden Dose, was ihr den scharfen Blick eines Uniformierten einbrachte.

Während ihre gute Laune wie eine Seifenblase zerplatzte, stieg Ärger in ihr auf. Viel zu oft waren die Pakete verspätet. Wie schwer konnte es denn wohl sein, diesen einen festen Termin im Monat einzuhalten? Es handelte sich ja schließlich nicht um irgendwelchen unnützen Kram, sondern um das Nötigste zum Überleben!

Doch alles Jammern half nicht. Als Yula gerade kehrtmachen wollte, kam ihr eine andere Idee. Letzten Monat beim Warten hatte sie einen jungen Mann kennengelernt, der einen kleinen Laden in Spandau beschrieb, in dem man ohne Wissen der Regierung einen Tauschhandel zwischen den Bewohnern aufgebaut hatte. Da es dort auch Drogen im Angebot gab, sollte man jedoch nicht mit den falschen Leuten darüber reden. Yula hatte keine Ahnung, ob an der Sache etwas dran war, und sich eigentlich dagegen entschieden, sie zu überprüfen. Doch jetzt fand sie den Gedanken, einen der Ringe, die ihre Mutter zurückgelassen hatte, gegen etwas Trockenwurst und Wasser einzutauschen, ziemlich verlockend.

Sie lief zurück zu ihrem Haus, wühlte in alten Kisten und stiefelte schließlich mit einem besonders schönen Schmuckstück wieder los. Wie lange würde es noch hell sein? Egal, so lange konnte der Ausflug nicht dauern.

Ihr Weg führte sie nach Westen, immer der Nase nach. Auf halber Strecke erreichte sie das alte Olympiastadion. Wo man früher rauschende Sportfeste gefeiert hatte, war die inzwischen größte Mülldeponie Berlins heute einfach nur ein Ort, an dem man sich nicht zu lange aufhalten wollte. Die

Bebauung wurde immer spärlicher und industrieller, je näher sie der Havel kam, die es zu überqueren galt.

Yula hielt ein hohes Tempo aufrecht. Nach weniger als neunzig Minuten erreichte sie die alte siebenspurige Eisenbahnbrücke, die über den Fluss führte. Alle anderen Übergänge in der Umgebung waren zerstört, weswegen man nur noch an dieser Stelle – oder mit einem Boot – auf die andere Seite gelangen konnte. Schwimmen war angesichts der Temperaturen und der Wasserqualität nicht zu empfehlen. Das Problem an der imposanten Brücke war jedoch, dass man keine Fluchtmöglichkeit mehr besaß, sollte einem der Weg von beiden Seiten abgeschnitten werden. Aber an so etwas wollte Yula heute nicht denken. Zu verlockend war die Aussicht, am Abend noch etwas zu Essen auf den Tisch zu bekommen.

Sie kletterte auf das stählerne Ungetüm, joggte, ohne sich einmal umzublicken, auf die andere Seite, wanderte schließlich durch den verlassenen Altstädter Ring und näherte sich dem Falkenseer Platz. Bis jetzt war das Ganze ziemlich glatt gegangen.

Von einer sonderbaren Skulptur aus sollte man Ausschau in alle Richtungen halten und ein großes, rotes Stück Stoff an einem Haus erkennen können. Yula kniff die Augen zusammen. Keine Frage: Es war sinnvoll, eine Farbe wie rot zu wählen. Alle Häuser waren grau, und die Vegetation konnte man ebenfalls kaum mehr als gesund grün bezeichnen. Rot musste also definitiv auffallen. Nach zehn Drehungen um sich selbst wollte sie schon frustriert aufgeben, als sie einen Stofffetzen erkannte, der an einem Fenstersims baumelte. Dieser war zwar kaum mehr rot und dazu ziemlich klein, es handelte sich aber um ihre beste Chance.

Ihre Annahme stellte sich als richtig heraus. Das Geschäft war als solches jedoch nicht mehr zu erkennen. Es war entweder einem Feuer zum Opfer gefallen oder mutwillig in Brand gesetzt worden. Nun zeugten nur noch rußgeschwärzte Wände, Holzreste und undefinierbare Möbel von seiner Existenz. Yula trat einen Schritt näher heran, um ein weißes Schild lesen zu können, das sich leuchtend von dem schwarzen Schlund des ehemaligen Hauses und der verkohlten Tür abhob. Darauf stand: *Der Tauschhandel mit illegalen Waren ist per Gesetz verboten. Dieses Geschäft wurde geschlossen. Danke für ihr Verständnis. Die Regierung.*

Yula wollte am liebsten schreien, konnte sich aber gerade noch beherrschen. Es gab Tage, da sollte man einfach nur im Bett bleiben.

Sie schaute sich um. Auf dem Hinweg hatte sie die hereinbrechende Dunkelheit vor lauter Euphorie gar nicht bemerkt. Nun aber umhüllte sie die Nacht bereits wie eine undurchdringliche Nebelwand. Sie rannte den Weg zurück, passierte Orte, die ihr bekannt vorkamen sowie solche, die sie noch nie gesehen hatte, und stand schließlich wieder auf der breiten Straße, die direkt zur Eisenbahnbrücke führte.

Und dann hatte plötzlich der Mann vor ihr gestanden. Sie schüttelte sich bei dem Gedanken an seinen schlechten Atem, die fauligen Zähne und die dürren Finger, die ihr viel zu nahe gekommen waren. Nicht enden wollende Tritte und Schläge hatte es gebraucht, bis er endlich von ihr abgelassen hatte. Yula wusste nicht, woher die Kraft dafür gekommen war, doch irgendwie hatte ihr Körper funktioniert und sich gewehrt.

Am Ende des eigentlich so ungleichen Kampfes lag der Mann in seiner eigenen Blutlache und hatte aus leeren, grünen Augen zu ihr aufgesehen. War er wirklich tot? Gefragt hatte sie ihn nicht. Sie war nur noch gerannt und gerannt, bis sie diese dunkle Ecke hinter dem abgestellten Eisenbahnwaggon gefunden hatte.

Es war doch wirklich zum Mäusemelken, wie schnell man für kleine Fehlentscheidungen bestraft wurde. Dabei war der Grund so simpel gewesen. Yula hatte bereits seit Tagen Hunger und Durst gehabt und wollte einfach nur etwas zwischen die Zähne bekommen. Das Warten auf das nächste Hilfspaket zog sich zunehmend in die Länge, da einfach nichts anderes mehr zu finden war. Hätte sie die zwei Tage nicht einfach abwarten können? Es war doch wirklich nicht zu viel verlangt, wie eine brave Bürgerin nach Hause zu gehen, sich eine dünne Ratte über einer Fackel zu rösten und das braune Wasser aus der Regenrinne zu trinken, oder? Luxusprobleme!

Ein Kreischen riss sie aus ihren Gedanken. Inzwischen hatte ihr Herz aufgehört zu wummern, und ihre Lunge fühlte sich nicht mehr an, als würde jemand sie mit einer Machete entzweischneiden. Sie sollte wirklich dringend nach Hause gehen. Morgen war ja schließlich auch noch ein Tag, um etwas zu essen. Der Mann – sofern er denn überhaupt noch lebte – war jedenfalls nicht wieder aufgetaucht, und auch sonst hatte sie nichts gehört oder gesehen. Wenn doch bloß nicht noch der Rückweg über die alte Eisenbahnbrücke wäre. Dort trieben sich im Dunkeln die schlimmsten Gestalten Berlins herum. Irgendwas zwischen lebendig und nicht ganz tot, hatte ihr Vater immer gesagt. War sie vorsichtig und leise, konnte sie sich vielleicht vorbeischleichen. Wenn die sie jedoch in die Finger bekamen, würde ihr Hilfspaket ohne Frage einen neuen Adressaten erhalten.

Die Kälte war bereits so tief in ihren Körper gekrochen, dass Yula ihre eigenen Bewegungen nur noch wie durch einen Schleier wahrnahm. Irgendwie musste sie es nach Hause schaffen, auch wenn der unnötige Kampf ihr die letzten Kraftreserven geraubt hatte. Sie suchte sich kleine Etappenziele, die sie nach und nach abarbeitete. Eine alte Straßenlaterne, ein ausgebranntes Auto, einen großen Müllhaufen, ein rostiges Fahrrad. So kam sie immerhin Schritt für Schritt näher an ihr Ziel.

Als sie die alte Brücke erreichte, durchflutete sie erneut Panik. Dabei war zunächst gar nichts zu sehen oder zu hören. Es lag ein unwirkliches Licht über der Stadt; nicht ganz dunkel, aber auch bei weitem nicht hell. Früher wäre es zu dieser Uhrzeit ohne Frage noch heller Tag gewesen. Inzwischen gab es allerdings fast nur noch ein Mittelding aus Tag und Nacht, mit Tendenz zu Letzterem. Wenn sie es richtig erkannte, war die Eisenbahnbrücke verlassen. Es zeichneten sich keine Silhouetten darauf ab. Sollte sie wirklich Glück haben? Oder hatte ihr Vater vielleicht übertrieben? Meter für Meter schlich sie vorwärts, immer darauf bedacht, bloß keinen Laut zu erzeugen. Der einsetzende Schneeregen machte es ihr leichter, da sein Rauschen viele ihrer Geräusche verschluckte.

Als sie die Brücke halb überquert hatte, schälte sich vor ihr eine Gestalt aus dem Schatten. Hinkend kam sie auf Yula zu. Als sie noch zehn Meter entfernt war, gesellte sich eine zweite dazu, die zwar nicht humpelte, aber merkwürdige Geräusche von sich gab. Es klang fast wie ein Schmatzen oder als würde jemand nur schwer die Spucke im Mund behalten können.

Yula wich zurück, spürte aber, dass diese Idee nicht die beste war. Denn auch hinter ihr bildeten sich nun zwei Silhouetten vor dem Dunkelgrau der Stadt ab. Sie war umzingelt!

Langsam kamen alle vier näher. Niemand sprach. Eine Chance zu entkommen hatte sie nicht, also versuchte sie etwas anderes. »Ihr habt viel mehr davon, wenn wir uns in Ruhe unterhalten. Vielleicht kann ich euch etwas anbieten?«

Keine Antwort. Nur dieses ekelerregende Schmatzen.

»Ich habe Schmuck und Nahrung in meinem Haus. Ihr könnt alles haben. Ich zeige euch den Weg.«

Doch es half nichts. Entweder wollten die vier nicht mit ihr sprechen, oder sie konnten nicht. Beide Varianten waren nicht sehr verlockend.

Yula sah keinen Ausweg mehr. Bevor sie zulassen würde, dass diese vier, was auch immer sie sein mochten, Hand an sie legten, würde sie lieber selbst entscheiden. Das Brückengeländer war nur etwas mehr als fünf Meter entfernt, und die Angreifer konnten sie nicht so schnell erreichen. Yula atmete kurz ein, dann sprintete sie los, bereit, den Aufprall tief unten nicht mehr zu erleben. Sie dachte an ihre Familie und rannte.

Als sie das Geländer fast erreicht hatte, spürte sie einen harten Stoß in die Hüfte. Sie fiel krachend auf die Seite und verlor fast das Bewusstsein. Aus den Augenwinkeln erkannte sie eine fünfte Gestalt, die offenbar ein Schwert führte. Träumte sie? Plötzlich waren Schreie zu hören, die jedoch kaum menschlich klangen und eher etwas von einem Gurgeln hatten.

Die fünfte Person wirbelte herum, streckte einen nach dem anderen nieder und stand schließlich zwei Meter neben ihr am Geländer. Es war ein Mann mittlerer Größe. Doch hatte er nur drei der Gestalten erwischt. Yula rappelte sich hoch und erkannte, dass ihr potenzieller Retter in die Ferne blickte. Er sah nicht, dass sich ihm die vierte Gestalt von hinten näherte. Mit letzter Kraft sprang sie auf, rannte in den verbliebenen Angreifer hinein und schubste ihn über die Brüstung.

Der Mann neben ihr schaute sie verdutzt an.

Da standen sie nun. Zwei tropfnasse Gestalten, gemeinsam auf einer alten Eisenbahnbrücke mitten im Nirgendwo Berlins. Unter ihnen in der Suppe der Havel schwamm der unnatürlich verformte Körper eines Angreifers. Auf der Brücke lagen die Körperteile seiner Freunde, die durch das Schwert des Mannes in alle Richtungen verstreut worden waren. Tot waren sie alle, ohne Frage. Es bestand aber auch am Schicksal des Vierten kein Zweifel: Der Aufprall hatte seinen Knochen sicher den Rest gegeben.

Obwohl Yula wusste, dass sie keine Wahl gehabt hatte, hasste sie es, andere Lebewesen zu verletzen, geschweige denn zu töten. Was war das nur für eine Welt, in der man das wenige, was geblieben war, nicht teilen konnte? Ihr Gegenüber schien etwas Ähnliches zu denken. »Mach dir nichts draus, Kleine. Die vier waren keine Menschen mehr, auch wenn sie so aussahen. Sei froh, dass es keine Schatten waren.«

»Das sagt sich so leicht. Ich habe noch nie einen gesehen. Du etwa?«, fragte Yula zögerlich, doch der Mann schwieg.

Außer seiner Wollmütze, die weit ins Gesicht gezogen war, und dem roten Rauschebart war nicht viel zu erkennen. Ein Schmunzeln nebst einer schlecht genähten, langen Narbe, die vom rechten Unterlid bis zum Mundwinkel verlief, konnte man aber immerhin erahnen. Der Mann zündete sich einen Stack an.

»Ich habe dir auf jeden Fall noch gar nicht gedankt. Du hast mir das Leben gerettet«, sagte Yula, während ihr der Qualm ins Gesicht stieg und sie fast zum Husten brachte.

»Kein Problem, aber lass dir das nicht zur Gewohnheit werden. Du warst übrigens auch ziemlich gut.«

Ihr Gegenüber zog – mit dem Stack im Mundwinkel – nun auch noch eine dreckige Flasche ohne Etikett aus seinem Mantel und nahm einen tiefen Schluck. »Du auch, Süße? Das wird dich wieder auf die Beine bringen.«

Mit zitternden Fingern griff sie zu und stürzte ohne zu überlegen einen großen Schluck herunter. Das Zeug brannte in ihrer Kehle und fraß sich einmal längs durch ihren Körper. Yula hatte das Gefühl, sich übergeben und in Flammen aufgehen zu müssen. Als sie wieder ein wenig zu Atem gekommen war, durchbrach sie das Kichern ihres Retters. »Du hättest mich warnen können.«

»Woher soll ich denn wissen, dass du nix abkannst? Siehst eigentlich ziemlich tough aus«, antwortete dieser lapidar.

»Wenn ich mich schon fast umbringen lasse, kannst du mir wenigstens verraten, wie du heißt.«

»Weil du es bist. Ich heiße Ingo. Aber wehe, du nennst mich jemals so. Du darfst Gin zu mir sagen.«

»Dann auf dich, Gin.« Mit diesen Worten stürzte sie einen zweiten Schluck der ekelerregenden Brühe herunter und sank hustend auf die Knie.

III. Transit

Yula zuckte zusammen. In ihrem Kopf hämmerte es, und verschiedene Erinnerungen und Bilder schienen mit ihr Achterbahn zu fahren. Gin. Berlin.

Einen schmerzhaften Moment lang musste sie sich orientieren. Sie hatte nach dem Start der UES Berlin einfach dagesessen und vor sich hingedämmert. Die Ereignisse der vergangenen Tage zogen wie im Zeitraffer an ihr vorbei. Der alte Greis und der Unfall, Dr. Richter, der verpasste Termin im CIT, Achim, Yugo, die Explosionen. Und Gin. Tränen füllten ihre Augen. Sie erinnerte sich daran, wie Gin sie am Abend ihrer ersten Begegnung auf der alten Eisenbahnbrücke nach Hause gebracht hatte. Sie war vom Kämpfen und dem gepanschten Alkohol ganz wackelig auf den Beinen gewesen, doch ihr deutlich älterer Retter hatte die Situation nicht ausgenutzt, sondern sie nur nach Hause getragen, in ihr Bett gelegt und die ganze Nacht Wache geschoben. Ein paar Tage später beschloss er, in das Haus neben ihr zu ziehen. Es hatte seit Jahren leer gestanden, nachdem die Reuters von irgendeiner ansteckenden Krankheit heimgesucht worden waren, an der sie schließlich starben. Yula hatte oft mit Line und Emmi gespielt. Wie lange war das alles her? Vom Tag auf der Eisenbahnbrücke an waren sie und Gin unzertrennlich gewesen. Fast wie Geschwister. Wieder stiegen Tränen in ihr auf. Scheißleben.

Sie rappelte sich hoch. So schön es auch war, sich lebendig zu fühlen, so gerne würde sie ihr Dasein gegen einen dieser Träume tauschen, die sie regelmäßig verfolgten. Yula war als kleines Kind oft von bösen Träumen geplagt worden. Ihre Mutter hatte sich dann an ihr Bett gesetzt, ihr den Rücken gestreichelt und wunderschöne Geschichten aus der Vergangenheit erzählt oder sich etwas ausgedacht, was ihre Phantasie beflügelte. Sie hatte nicht verstanden, wie schlimm es ohnehin schon um die Welt stand und befürchtet, dass sich ihr Leben verschlechtern könne. Was für ein Witz! Kindsein war schon etwas Wundervolles. Auch wenn draußen alles in Flammen stand, reichte ein Ausflug mit dem Schlitten, um alles wieder geradezurücken.

Heute wusste sie, dass Albträume etwas ganz Normales waren. Unterbewusste Ängste und Sorgen wurden vom Gehirn durchgespielt und als übersteigerte Bilder wiedergegeben.

Ironischerweise hatten sie sich in den letzten Jahren jedoch verändert. Seit ihre Eltern und Tara verschwunden waren, träumte sie häufig von schönen Dingen. Sie erlebte das Kennenlernen mit Gin (so gruselig der Tag drumherum auch gewesen sein mochte) und Ausflüge mit der Familie oder phantasierte sich Erlebnisse zusammen, die es nie gegeben hatte. In einem Traum war sie mit Tara sogar auf einer Elefantensafari in Afrika gewesen. Afrika. Sie kannte diesen fernen Kontinent nur aus Erzählungen. In ihrer Phantasie gab es dort pure Weite und Freiheit. Und Tiere. Yula liebte Tiere, obwohl sie nur wenige Arten vom Sehen kannte. Dazu gehörten Ratten, Mäuse, Schaben und verwahrloste Hunde. In ihren Traumwelten jedoch gab es alles: Einhörner, Katzen, Kaninchen, Schwäne und Flamingos, die so grell bunt leuchteten wie die Sonne. Was auch immer das heißen mochte.

Vielleicht war ihr Leben inzwischen einfach so furchtbar und sie selbst zu erwachsen geworden, sodass ihr Hirn nach Auswegen suchte und ihr einen Grund gab, weiterzumachen? Doch wenn das Schöne der Welt nur noch aus verblassten Erinnerungen und Visionen einer Zukunft bestand, die es nie mehr geben würde – was war diese dann überhaupt wert?

Wie aufs Stichwort meldete sich die reale Welt wieder bei Yula. Noch immer lehnte sie an ihrem Aussichtspunkt, der ihr das ganze Ausmaß der Katastrophe aus einem unwirklichen Blickwinkel vorgeführt hatte. Das kleine Bullauge war wie ein Fenster zum Untergang ihrer Welt gewesen. Schwärze,

Feuer und Explosionen hatten sich, so weit das Auge blicken konnte, abgewechselt. Ob wirklich überall auf der Erde das Gleiche passiert sein mochte? Es hatte so ausgesehen. Doch wer würde so etwas tun? Sie erinnerte sich an die Worte von Yugo, die vorher gar keinen richtigen Sinn für sie ergeben hatten: *Die Lichter werden alle erlöschen. Du wirst sehen. Dann wird alles gut. Wir haben getan, was wir konnten.* So sehr sie sich auch bemühte, konnte sie sich keinen Reim auf all das, auf ihre sogenannte Mission und die Geschehnisse der vergangenen Tage machen.

Als ein offensichtlich angetrunkenes Paar mittleren Alters leise kichernd an ihr vorbeiwankte, beschloss sie, dass es an der Zeit war, ihr Quartier aufzusuchen. Sie befand sich auf Deck 2. Am oberen Rand des kahlen Ganges schlängelte sich ein Lauflicht entlang, das den Weg zu den Rettungswegen, den Aufzügen und den Treppen wies. Mit wackligen Schritten machte sie sich auf. Da sich ihr Magen immer noch ein wenig sonderbar anfühlte, wählte sie die Treppe und blieb am Schott zum vierten Deck vor einem Schaukasten mit einem vergilbten Plakat stehen. Darin warb der Kanzler in all seiner Herrlichkeit für die sensationellen Cryo-Kapseln. *Wähle den sicheren Weg in die Zukunft,* stand in großen Lettern darauf geschrieben. Unter diesem Satz sah man den fettleibigen Anführer Deutschlands mit seinen makellos weißen Zähnen, der Föhnwelle und dem – soweit das angesichts seiner Figur möglich war – perfekt sitzenden Maßanzug. Yula fröstelte es. Sie schob die Erinnerungen an die Erlebnisse unter Tage weit von sich, öffnete das Schott und begann, nach ihrer Zimmernummer zu suchen. Natürlich hatte sie das Deck von der verkehrten Seite betreten. So arbeitete sie sich also fluchend von der Nummer 300 rückwärts, bis sie endlich vor Kabine 47 stand. Doch gab es keinerlei Vorrichtung, die Tür zu öffnen. Als sie gerade frustriert aufgeben wollte, berührte sie die graue Fläche aus Versehen mit der Hand. Ein Klicken signalisierte, dass etwas passiert war. Die Tür sprang einen

Spalt breit auf und glitt schließlich wie von Geisterhand zur Seite. Im Inneren flammte die Beleuchtung auf, und eine Stimme sagte: *Willkommen, Frau Krüger. Bei Problemen kontaktieren Sie bitte unser Servicepersonal über das Voice-System. Danke.*

Vermutlich hielt ihr neues Implantat so einige Überraschungen parat, anders konnte sie sich den Mechanismus für den Moment nicht erklären.

Sie schaute sich im Zimmer um. Ihre Tasche hatte man fein säuberlich auf dem Bett platziert. Ob man sie wohl auch untersucht hatte? Bestimmt. Also hatte Yugo vermutlich keine Bombe hineingeschmuggelt. Oder Waffen. Oder Drogen. Doch was dann? Was konnte so wichtig sein, dass sie es mitnehmen musste? Yula war für den Moment allerdings erst einmal beruhigt, dass sie offenbar nicht als Selbstmordattentäterin eingesetzt wurde. Wissen konnte man das schließlich nicht.

Vorsichtig zog sie den Verschlussmechanismus der Tasche auf und lugte durch einen Spalt hinein. Eine Falte kräuselte sich auf ihrer Stirn. Sie nahm alles heraus und betrachtete ihre Beute. Zwei Hosen, zwei Blusen, zwei T-Shirts, Unterwäsche, Reinigungsutensilien, eine ziemlich alte Taschenuhr, eine Packung Kekse und eine Flasche Wasser. Keine Frage: Ihrer Mission zur Rettung der Welt stand nun nichts mehr im Weg.

Mit dem Kulturbeutel unter dem Arm betrat sie das kleine Badezimmer ihrer Kabine. Es war sauber und funktional eingerichtet. Das kalte Wasser belebte Yulas Sinne und gab ihr teilweise die Lebensgeister zurück.

Derart gestärkt beschloss sie, ein wenig in den großen Aussichtsbereich umzusiedeln. Vielleicht konnte sie irgendetwas aufschnappen. Was wohl die anderen Reisenden zu den Ereignissen auf der Erde zu sagen hatten?

Nur wenige waren in den Gängen unterwegs. Eine alte Dame musste von Yula gestützt werden, als sie sich nach ihrem Taschentuch bückte. Außerdem traf sie auf einen jungen Mann, der sie keck anlächelte. Da sie derartige Anbandelungsversuche nur aus ihrem Alltag in West-Berlin kannte, legte sie keinen Wert darauf, die Sache zu vertiefen, sondern ließ ihn eiskalt stehen.

Im Aussichtsbereich angekommen, setzte sie sich an einen leeren Tisch und starrte in die Sterne.

Als eine Servicekraft sie nach einem Wunsch gefragt und Yula verstanden hatte, dass alles, was man im Angebot des Schiffes finden konnte, bereits über ihre Fahrkarte abgedeckt war, bestellte sie sich ein Getränk, das *Golden Smile* hieß. Dieses fand sich auf einem Teil der interaktiven Karte, der mit *Klassische Cocktails* überschrieben war. Yula hatte keine Ahnung, worum es sich dabei handelte, aber das Glas mit der bunten Flüssigkeit, dem Schirmchen und dem Obst sah verlockend aus. Außerdem hatte sie Derartiges noch nie gesehen oder probiert.

Gedankenverloren schlürfte sie etwas später den köstlichen Drink und fand sich kurz darauf im Angesicht eines zweiten wieder, der ebenfalls nicht lange überlebte. Ein sonderbares Gefühl machte ihr deutlich, dass das Getränk längst nicht so harmlos war, wie es aussah. Doch so sehr sie auch die Aktion in Gins Küche bereut hatte, so sehr genoss sie es jetzt, der Realität um sie herum ein wenig zu entfliehen. Sie fühlte sich irgendwie leichter und hatte das Gefühl, dass ihre negativen Gedanken nur noch mit einer ganz leisen Stimme zu ihr sprachen.

In einer Ecke sah sie wieder den jungen Mann, der ihr zuvor im Gang zugezwinkert hatte. Er lächelte sie auch dieses Mal unumwunden an. Schnell senkte Yula ihren Blick und vertiefte sich wieder in die Getränkekarte. Als die Servicekraft erneut ihr leeres Glas abräumte und nachfragte, ob sie ein weiteres wünsche, konnte Yula sich jedoch beherrschen. Sie wollte gerne auf ihren eigenen Füßen in die Kabine zurückgelangen.

So saß sie noch eine ganze Weile stumm, aber irgendwie auch glücklich an ihrem Tisch und blickte hinaus in die

Weite des Weltalls. Als sie ihre Hände gedankenverloren in die Hosentaschen steckte, bemerkte sie die Taschenuhr, die sie zuvor achtlos eingesteckt hatte. Sie öffnete den Deckel des kunstvollen Stücks und erblickte ein Zifferblatt ohne Zeiger. *Großartig*, dachte sie. *Genau das, was ich jetzt brauche. Eine Uhr ohne Zeiger.* Im Deckel stand eine kleine Inschrift: *Bellis perennis*. Sie vermutete, dass es sich dabei um Latein handelte, hatte sich mit dieser Sprache aber nie näher befasst. Verwirrt stopfte sie die Uhr wieder in ihre Hosentasche.

Plötzlich flammten die Monitore im Raum auf, und der Lautstärkepegel wurde angehoben, so dass man gut verstehen konnte, was vor sich ging. Sofort verstummte auch das Gemurmel der anderen Reisenden. Nur ein Baby quäkte in einer Ecke beharrlich weiter. Yula kniff die Augen zusammen, um den Monitor scharf zu stellen. Verdammte Cocktails.

Zu sehen war die Flagge der Union, wie sie neben der von Deutschland wehte. Dazu lief die Gemeinschaftsfanfare. In der rechten Ecke prangte ein Logo mit den Buchstaben NBM.

Als ein Mann auf dem Schirm erschien und zu reden begann, weiteten sich Yulas Augen. Wort um Wort klebte sie an seinen Lippen. Doch war es nicht einmal das, was gesagt wurde, sondern wer es sagte. Denn der feiste Mann, der da neben einem Holzpult mit dem Unionssymbol stand und salbungsvoll von kleineren technischen Problemen auf der Erde, von einem vorübergehenden Ausfall der Energieversorgung, einer unschönen Situation und der baldigen Behebung gesprochen hatte und nun triviale Pläne für den Straßenbau, die Sanierung verschiedener Gebäude und den Ausbau des Weltraumbahnhofs verkündete, war kein geringerer als der Kanzler. Am unteren Rand des Bildschirms stand ›live aus Berlin‹.

Irgendetwas stimmte hier nicht. Warum log man in den Nachrichten auf diese offensichtliche Art und Weise? Außer ihr mussten doch auch noch andere Mitreisende die Explosionen gesehen haben. Und wie konnte der Kanzler überhaupt überlebt haben und jetzt vor dem völlig intakten Brandenburger Tor stehen, als wäre nichts passiert? Sie hatte doch mit eigenen Augen gesehen, wie ihre Heimatstadt in Schutt und Asche gelegt worden war. Insbesondere Ost-Berlin war in einem riesigen Feuerball untergegangen, als die Kuppel zusammengebrochen war. Niemals im Leben konnte es nach den Ereignissen der letzten Stunden dort nun so idyllisch aussehen. Yula wollte gar nicht ausschließen, dass sie sich das Ausmaß der Katastrophe eingebildet hatte, gab sich aber mit dieser Erklärung auch nicht zufrieden. Wenn schon nicht die Welt untergegangen war, betraf es zumindest große Teile. Davon war sie überzeugt. Und Berlin konnte nach menschlichem Ermessen nur noch eine dunkle Wüste sein; egal ob im Westen oder im Osten.

Die Ansprache war inzwischen beendet, und das Gemurmel der Leute setzte wieder ein. Wirklich beunruhigt schien niemand zu sein.

Eine Sache war Yula absolut klar: Sie würde die Zeit auf dem Schiff für ein paar diskrete Ermittlungen nutzen. Zumindest, sobald sie wieder dazu in der Lage war. Mit diesem guten Vorsatz warf sie einen anderen über Bord und bestellte sich einen allerletzten Drink.

IV. Nao

Als sie erwachte, war da wieder dieser dumpfe Kopfschmerz, der sie an ihre Sünden erinnerte. Verdammt. Konnte sie wirklich zweimal so blöd sein?

Yula rappelte sich auf und blickte sich um. Sie lag in ihrem Bett in Kabine 47 auf Deck 4 der UES Berlin. Die Beleuchtung war gedimmt und kein Laut zu hören.

Wie und wann sie zurück in ihre Kabine gelangt war, wusste sie nicht mehr. Immerhin war sie allein, was aktuell vielleicht die beste Nachricht darstellte. Ihr dämmerte, dass der dritte Cocktail wohl nicht der letzte gewesen war. Irgendwas mit *Beach* drang in ihr Bewusstsein. War nicht auch dieser hübsche Kerl noch aufgetaucht, der ihr schon zuvor ständig zugezwinkert hatte? Sie meinte sich sogar zu erinnern, mit ihm gesprochen zu haben. Soviel zu ihren guten Vorsätzen. Teufelszeug! Später hatte sich dann auch noch ein lustiger, dicker Mann zu ihnen gesellt, von seinen Reisen um die Welt erzählt und kleine Gläser mit einer grünen Flüssigkeit bestellt. Wie viele hatte sie davon getrunken? Fünf? Zehn? Yula wusste es nicht mehr.

»Wie spät ist es?«, hörte sie sich mit belegter Stimme fragen.

»Es ist 10 Uhr Erdstandard«, war die tonlose Antwort.

Erstaunlich. Ihre Kabine hörte ihr offenbar zu. Wenn man noch von Zeitgefühl reden konnte, hatte sie also die ganze Nacht getrunken oder verschlafen. Vermutlich beides.

Wie lange dauerte eigentlich so eine Reise zu Mond? Während sie noch ihren Gedanken und Selbstvorwürfen nachhing, ertasteten ihre Finger einen kleinen, gelben Zettel in ihrer Hosentasche. Sie faltete ihn auseinander und blickte auf eine Zahlenfolge, die keinen Sinn ergab: 4815-1623-42. Sie stopfte das Fundstück in ihre Tasche, stieg aus dem Bett, duschte kalt, zog sich etwas Frisches an und stand wenig später halbwegs vorzeigbar wieder im Aussichtsraum, wo man das Frühstück servierte.

Zunächst verharrte sie eine Weile an der großen Panoramascheibe. Immerhin konnte sie die Sterne jetzt wieder klar sehen. Gerade wollte sie sich abwenden, da erblickte sie in der Ferne den Mond. Dieser war inzwischen schon deutlich mehr als der helle Fleck am nächtlichen Himmel, den sie so oft und gerne betrachtet hatte, bevor die Wolkendecke immer dichter geworden war. Für einen Moment bildete sie sich ein, Straßen und Gebäude erkennen zu können. Oder waren es doch nur Krater? Würde sie wirklich dort spazieren gehen können, wo Neil Armstrong und Buzz Aldrin vor Ewigkeiten einmal unter Einsatz ihres Lebens eine Flagge der Vereinigten Staaten von Amerika platziert hatten? Yula schüttelte den Kopf. Ihr Vater kannte die Geschichte aller Weltraummissionen auswendig und hatte oft mit der ganzen Familie kleine Ratespiele veranstaltet. Wie es schien, war zumindest etwas bei ihr hängengeblieben.

Es war schon absurd: Die Menschheit hatte irgendwann die Sterne erreicht, ihren eigenen Planeten jedoch immer weiter zugrunde gerichtet und lebte nun zukünftig nur noch auf diesem kahlen Trabanten, der kaum mehr als ein riesengroßer Felsen war, und in irgendwelchen weit entfernten Kolonien.

Von einer älteren Dame erfuhr Yula, dass die Reise insgesamt achtzehn Stunden dauern würde. Etwas mehr als sechzehn davon waren bereits verstrichen.

Sie ließ sich noch ein wenig treiben, begutachtete mit großen Augen das prächtige Buffet und lauschte den Gesprächen der anderen. Es schien wirklich so, als habe der Großteil der Fahrgäste nichts oder nur wenig von den Ereignissen auf der Erde mitbekommen. Man sprach hier und da von einem kleinen Zwischenfall in Berlin, einem Feuer und unbedeutenden Schäden an der Startrampe. Einige Passagiere wollten sogar in zwei Tagen schon wieder nach Hause fliegen und sprachen darüber, als wäre es das Normalste der Welt. Yula konnte all das kaum fassen. Aber immerhin war das Frühstück wirklich ausgezeichnet. Zunächst hatte sie sich an einen kleinen Tisch gesetzt, der etwas abseits lag, und nur trockene Brotscheiben und ein Glas Milch zu sich genommen. Doch dann setzte sich Lisa zu ihr. Die rothaarige Frau mit den Sommersprossen war etwa vierzig Jahre alt und reiste allein. Sie nahm wie selbstverständlich Platz und bestand nach einem kurzen Plausch darauf, dass Yula auch andere Sachen probierte. Wieder und wieder schleifte ihre neue Freundin sie zu den herrlich bunten Auslagen. Zwar hatte Lisa fast alles auf den Tellern und in den Schalen erklären und benennen müssen, der Geschmack war aber fast durchweg ein Erlebnis. Besonders die Eier und der Fisch hatten es Yula angetan. Was es nicht alles gab!

Eine Weile aßen die beiden stumm vor sich hin. Doch dann schaute Lisa die junge Frau nachdenklich an.

»Wie kommt es eigentlich, dass du diese ganzen Sachen nicht kennst?«, wollte sie plötzlich wissen, als Yula ihr fünftes Ei verdrückte. »Woher kommst du, und was hast du auf dem Mond vor?«

Yula hustete. Sie war nicht darauf vorbereitet gewesen, sich eine möglichst unauffällige Geschichte auszudenken. »Ich besuche jemanden«, brachte sie fahrig hervor und biss herzhaft in ein Stück Kuchen. Erst einmal etwas Zeit gewinnen.

»Wen denn?«, schallte es ihr entgegen.

»Meine Schwester.« Yula spürte, dass sie mit ihren knappen Antworten nur Verdacht erregte, und versuchte etwas anderes. Sie putzte sich die Nase und holte Luft. Plappernd erzählt sie nun eine abenteuerliche Geschichte, wie ihre Eltern früh verstorben waren und man die Geschwister auf tragische Weise getrennt hatte. Tara, die sie für den Moment Mona nannte, war in Berlin-Ost geblieben, und sie selbst hatte viele Jahre in Australien gelebt. Eine halbe Ewigkeit lang wollten die Schwestern sich unbedingt wiedersehen, es hatte jedoch nie geklappt. Doch dann war die Nachricht gekommen, dass Mona zum Mond gezogen war. Sie schickte ihr eine Karte für einen Transport und wartete nun schon dort auf sie. Als Yula geendet hatte, war sie einerseits stolz auf ihre überbordende Phantasie, erkannte aber auch einen Hauch von Zweifel im Gesicht der zuvor so fröhlichen Lisa. Diese schien auch etwas fragen zu wollen, biss sich aber auf die Lippe. Stattdessen verabschiedete sie sich nach wenigen Minuten knapp, wünschte viel Glück für die Weiterreise und verschwand in der Menge.

Ein Gefühl der Unsicherheit befiel Yula. Hatte sie mit ihrer Geschichte übertrieben oder vielleicht etwas Dummes gesagt und so den Verdacht von Lisa erregt? Sie blickte sich um. Niemand schien von ihr Notiz zu nehmen. Oder blickte dieser hakennasige Kellner gerade in ihre Richtung? Sie entschied sich für einen Ortswechsel. Sollte Lisa oder jemand anderes zurückkehren, müsste sie sich ja nicht auf dem Silbertablett servieren. Wer wusste schon, wie gut das Implantat wirklich war und ob es allen denkbaren Tests standhalten konnte.

Yula irrte ein wenig herum, suchte dann aber den Ort auf, von dem aus sie vor nicht einmal einem Tag den letzten Blick auf die Erde geworfen hatte. Auch heute war hier niemand zu sehen. Das Fenster zur größten Show aller Zeiten schien ein echter Geheimtipp zu sein.

Draußen funkelten die Sterne wie kleine, helle Stecknadelköpfe in der Nacht. Das war zugegebenermaßen ein ziemlich blöder Vergleich, aber Yula hatte an das Nähzeug ihrer Mutter auf dem schwarzen Samtkissen zu Hause in Berlin denken müssen.

Die Weite des Weltalls war atemberaubend. Sie gab sich ihren Gedanken hin und versuchte erfolglos, sich endlich einen Reim auf die Worte von Achim und Yugo zu machen.

Eine Durchsage riss sie jedoch unsanft aus ihren Tagträumen.

»Verehrte Fahrgäste, wir nähern uns New Berlin. In dreißig Minuten wird das Andockmanöver beginnen. Wir bitten Sie, ihr Gepäck aus den Kabinen zu entfernen und am Schalter an der Hauptschleuse aufzugeben. Vielen Dank.«

Yula fackelte nicht lange, kehrte ein letztes Mal in ihre Kabine zurück, packte ihre Sachen zusammen und gab sie bei einem äußerst unmotivierten UESA-Bediensteten ab. Sie wollte das Andocken unbedingt aus nächster Nähe vom Aussichtsraum aus verfolgen.

Als sie um die Ecke bog, blieb ihr fast die Luft weg. Die UES Berlin vollführte gerade ein Wendemanöver, welches das Schiff direkt an der Mondoberfläche vorbeifliegen ließ. Viele der anwesenden Fahrgäste standen staunend an der großen Scheibe, andere saßen unbeteiligt auf ihren Plätzen, schwatzten oder hielten flache Geräte in den Händen, die sie entweder anstarrten oder mit ihren Fingern bearbeiteten. Yula gesellte sich zur ersten Gruppe und fühlte sich wie schon am Raumhafen in Berlin wie in einem Traum. Die Menschen hatten den Mond wirklich und wahrhaftig kolonialisiert. Irgendwie hätte es eher ihrer Erwartungshaltung entsprochen, eine kleine Basis aus Wellblechhütten vorzufinden. Die Realität sah jedoch ganz anders aus. Der Blick aus der Ferne hatte nicht getrügt. Es gab eine riesige, helle Kuppel, unterschiedliche Gebäude, ein Wegenetz und sogar Bäume. Der Mond beherbergte ein eigenes kleines Ökosystem, das Ost-Berlin nicht unähnlich schien. Überall huschten Menschen sowie kleine, schnelle Gefährte umher, und der Weltraumbahnhof, den das Schiff nun zielstrebig ansteuerte, ragte gigantisch in die Höhe. Yula wurde schwindelig. Je mehr sie von der Schaffenskraft der Menschen sah, desto weniger konnte sie dem Mangel an Empathie und den Prioritäten der Machthaber ihrer Welt abgewinnen. Natürlich war all das hier ein Wunder. Doch zu welchem Preis?

Ihr Vater hatte früher oft von einem gewissen Kolumbus erzählt, der mit Segelschiffen die Neue Welt Amerika entdeckte. Er musste sich ähnlich gefühlt haben wie Yula in diesem Moment. Sie entdeckte den Mond zwar nicht neu, doch eröffnete sich ihr mit dem Anblick dieser zweiten von Menschen bewohnten Welt ein völlig neues Universum der Möglichkeiten.

Als das Schiff mit einem ohrenbetäubenden Klicken die Endposition einnahm und eine freundliche Stimme sich für das Reisen mit der UES Berlin bedankte, war Yula bereits zur Schleuse geeilt. Sie dachte an Tara. Wenn ihre alte Welt schon in Schutt und Asche lag und alle Menschen gestorben waren, die ihr etwas bedeutet hatten, dann würde sie nun wenigstens ihre Schwester wiederfinden. Und vielleicht sogar ihren Vater?

Als sie an der Reihe war, betrat sie die Schleuse mit einem Gefühl von Entschlossenheit, das sie lange nicht mehr gespürt hatte.

V. BERLIN

Die Prozedur in der Schleuse kam Yula beim zweiten Mal nicht mehr ganz so schlimm vor. Sie erwischte eine kleine Gruppe, zu der auch Lisa gehörte. Diese hatte ihr jedoch nur kurz und freundlich zugelächelt. Was auch immer beim Frühstück das Problem gewesen war, sie ließ sich nun nichts mehr anmerken.

Der anschließende Warteraum sah exakt wie der auf der Erde aus. Erneut betrachtete Yula die Raumfähre, die dampfend vom Fenster aus zu sehen war. Dahinter zeichnete sich das Bild einer echten Stadt ab, nur, dass man hinter der Kuppel die kahle Mondoberfläche erahnen konnte. Yula erinnerte sich an ihre Heimat. Auch dort war es außerhalb der Habitatzone unwirtlich gewesen, nur aus gänzlich anderen Gründen. Paradox, wie ähnlich sich die beiden Orte doch waren. Ob es außerhalb der Kuppel auch hier Leben gab?

Eine Stimme meldete sich aus den Lautsprechern. *Herzlich willkommen auf Tycho, dem Tor zu New Berlin. Wir bedanken uns, dass Sie mit der UESA gereist sind. Ihr Gepäck erhalten Sie auf dieser Ebene. Die Ausgänge befinden sich auf Level null.*

Bei der Gepäckausgabe ließ Yula sich ihre Habseligkeiten aushändigen und betrat schnell eine der Kabinen, die sie in die Tiefe bringen sollte. Unten angekommen lief sie geradewegs auf einen Bereich zu, der mit ›Checkpoint‹ überschrieben war. Hier wurden die Reisenden abgetastet und offenbar auch intensiv befragt. Für reinen Smalltalk dauerte es bei einigen einfach zu lange. Außerdem durchlief das Gepäck einen weiteren Scanvorgang. Als Yula nur noch einige Schritte entfernt war, hörte sie die Gespräche zwischen den Beamten und den Fahrgästen genauer. Sie sprachen Englisch! Bereits auf der UES Berlin war ihr aufgefallen, dass einige Passagiere in anderen Sprachen gesprochen hatten, doch irgendwie war ihr die Tragweite dieser Information nicht bewusst geworden. Müsste sie jetzt etwa auch auf Englisch antworten? Ihre

Eltern hatten oft mit ihr in dieser fremden Sprache geredet, doch war das inzwischen eben auch schon einige Jahre her. Yula sammelte sich einen Moment, wühlte in ihrem Hirn nach verschiedenen Worten, die ihr sinnvoll erschienen, und kam schließlich viel zu schnell an die Reihe. Zum Glück hatte der Beamte jedoch keinen allzu motivierten Tag. Er fragte sie nach ihrem Namen, dem Grund für ihre Reise und gab sich mit der obligatorischen Erklärung zufrieden, dass sie ihre Schwester besuchen würde.

»Besuchen Sie unbedingt Lake Armstrong. Es ist herrlich dort, seit sie alles umgebaut haben«, warf er ihr noch hinterher.

Ohne zu wissen, was das wohl bedeuten konnte, entgegnete sie etwas Zustimmendes und machte sich rasch auf den Weg zum Ausgang des Terminals. Dabei stieß sie fast mit einem bärtigen Mann zusammen, der irgendetwas in einer fremden Sprache brummelte, das verdächtig nach Beleidigung klang.

Als sie den Tycho Spaceport verlassen hatte, wäre sie fast von einem orangefarbenen Auto mit der Aufschrift *New Berlin Shuttle Service* überrollt worden. Auto war aber vielleicht nicht ganz das richtige Wort. Das Gefährt besaß zwar Räder und hatte die grundsätzliche Form eines Automobils, war aber viel runder und schien aus nur einem Material zu bestehen, das an einigen Stellen durchsichtiger wirkte als an anderen. Noch sonderbarer war jedoch, dass offenbar kein Fahrer am Steuer saß. Der gesamte Innenraum dieses rollenden Eis bestand aus zwei Sitzreihen, die einander zugewandt waren. Dadurch konnten offenbar bis zu zehn Personen gemeinsam fahren. Ein kastenförmiger Anbau am Heck (sofern es das Heck darstellte), der die runde Form ein wenig störte, schien für Gepäck gedacht zu sein. Gerade stieg eine Familie ein, die Yula auch an Bord der UES Berlin gesehen hatte. Gurte gab es anscheinend keine. Lachend und schwatzend lümmelten die vier Erwachsenen und drei Kinder auf ihren Sitzen, als sich das ganze Gebilde in Bewegung setzte und rasant die breite

Straße hinab schoss. Wie das lautlose Gefährt funktionierte, konnte Yula sich nicht im Entferntesten vorstellen.

Als es um eine Ecke verschwunden war, bemerkte Yula erst, wo sie sich befand. ›Kurfürstendamm‹ stand auf einem digitalen Straßenschild, das neben dieser Information auch noch die Uhrzeit, die Parksituation in der Umgebung und das aktuelle Wetter zu bieten hatte. Den Kurfürstendamm im echten Berlin kannte Yula eigentlich nur dunkel, dreckig und verlassen. Zwar hatte sie ihn als Kleinkind wohl auch noch zu besseren Zeiten erlebt, als dort noch das Leben pulsiert und sich ein Geschäft an das nächste gedrückt hatte, erinnern konnte sie sich daran allerdings nicht mehr.

Diese Version hier hatte mit ihrer Erinnerung auch nur bedingt etwas zu tun. Die Straße war eine wahre Pracht. Einzig die Kuppel, die mit ihren wabenförmigen Elementen entfernt an ein Gewächshaus erinnerte und sich scheinbar kilometerweit hoch über ihrem Kopf in die Ferne spannte, störte ein wenig das idyllische Bild. Dafür säumten aber, so weit das Auge reichte, Pflanzen die Fußgängerwege, bunte Schilder wiesen auf Lokale, Shops und Ähnliches hin, und unzählige Menschen in farbenfroher Kleidung liefen scheinbar ziellos umher. Die Mode vom Mond gefiel Yula, was sie jedoch auch unangenehm an ihre eigene Erscheinung erinnerte. Offenbar hatte Yugo ihr nicht den neusten Schick für einen Trip ins All eingepackt. Wenn sie ehrlich war, wirkte sie sogar ziemlich fehl am Platz mit ihrer ausgewaschenen Jeans, dem undefinierbar grauen Shirt und der dünnen und ehemals blauen Windjacke. Sie würde sich anpassen müssen. Auch wenn sie sich durch ihr antiquiertes Outfit nicht in akuter Gefahr sah, wollte sie auch nicht unangenehm auffallen. Blicke anderer Menschen waren ihr ohnehin unangenehm, und ein anonymes Untertauchen in der Menge schien sehr verlockend zu sein.

Yula schwang ihre Tasche über die Schulter und ging die breite Straße hinunter. Ein Lokal, an dessen Eingang Käfige mit Papageien standen, lockte mit zwei Cocktails zum Preis von einem. *Nein danke,* dachte sie bitter. Mit diesem Thema war sie vorerst durch.

Die wunderschönen Tiere schaute sie sich aber eine Weile fasziniert an, bis ein Kellner überdeutlich fragte, ob sie etwas bestellen wolle. Sie trollte sich und erreichte fünfzig Meter weiter ein Modegeschäft, dessen Schaufenster genauso bunt aussahen wie die Outfits der Passanten. Als sie gerade über die Schwelle treten wollte, dämmerte ihr allerdings etwas: Würde sie kein Geld brauchen? In ihrem alten Berlin gab es seit der Entwertung aller Scheine und Münzen kein Zahlungsmittel mehr. Man tauschte. Auf der UES Berlin war alles inklusive gewesen. Doch wie hatten die Menschen in Ost-Berlin gelebt? War dort noch Geld benutzt worden? Sie wusste es nicht. Yugo hatte ihr nichts gesagt und auch nichts in die Tasche gepackt, was nur annähernd wertvoll aussah.

Sie fasste sich ein Herz und betrat den Laden. Irgendwie würde sie schon herausfinden, wie das Ganze hier funktionierte.

Yula hatte Glück. Sie war weder die einzige Kundin, noch war es besonders voll. Eine ältere Dame bediente gerade eine Frau mittleren Alters mit einem kleinen Kind an der Hand. Allerdings schienen die beiden nicht das Richtige zu finden und zogen nach einigen Minuten wieder ab. Yula hatte sich jedoch beeilt und eine hellblaue Hose mit glitzernden Steinen sowie zwei Blusen in gelb und türkis mit schönen Verzierungen ausgesucht. Mutig näherte sie sich der Verkäuferin, die ihr freundlich die Sachen abnahm und mit ihnen kurz nach und nach eine durchsichtige Fläche auf dem Tresen berührte. Es klickte dreimal.

»Eine gute Wahl«, strahlte sie und hielt nun ein kleines Kästchen hoch, das nach einer viel zu modernen Puderdose aussah. Sie verharrte. Yula kratzte sich verlegen am Kinn. »Wenn Sie bereit wären …?«, sagte die Frau nun mehr fragend denn auffordernd.

Yula überlegte fieberhaft und folgte schließlich der einzigen Idee, die sie hatte. Auch auf die Gefahr hin, sich komplett lächerlich zu machen und viele unschöne Fragen zu provozieren, hielt sie ihren Arm unter die Puderdose.

Die Frau lächelte. »Darf ich Ihnen helfen?« Ohne eine Antwort abzuwarten, nahm sie sanft Yulas Handgelenk und führte den Arm an die richtige Stelle. Die Puderdose piepste. Einmal. Dreimal. Einmal.

Mit einem raschen Seitenblick auf einen Bildschirm ließ die Frau das Handgelenk wieder los und legte die kleine Dose zurück auf eine Platte. »Danke, Frau Krüger. Sind Sie das erste mal in New Berlin?«

»Ja«, entgegnete diese knapp und beobachtete, wie die ausgesuchte Kleidung in einer Art Tasche verschwand.

Als sie diese entgegengenommen hatte, wollte sie eigentlich auf der Stelle den Rückzug antreten, entschied sich aber anders. Irgendwie erschien ihr die Frau vertrauenswürdig. »Darf ich Sie vielleicht etwas fragen?«, sagte Yula vorsichtig.

»Natürlich, mein Kind. Fragen Sie nur.« Sie lächelte milde.

»Wissen Sie, ich komme aus Australien. Dort haben wir noch Geld. Deswegen kenne ich mich noch nicht so gut damit aus, wie man hier bezahlt. Können Sie mir erklären, wie es funktioniert?«

Die Frau zog die Augenbrauen hoch. »In Australien gibt es noch Geld?« Sie schien fast schon bestürzt. »Also, wir zahlen über den subkutanen Chip, der direkt mit dem Großrechner verbunden ist und alles in die notwendigen Kompensationen umrechnet.«

»Kompensationen?« Yula stutzte.

»Sie haben keine Ahnung, wovon ich spreche, oder?«

»Nein. In Australien haben wir einfach bezahlt, und das war es dann.« Yula hatte keine Ahnung, wie realistisch das alles war, musste es aber riskieren. Ihre Gegenüber schien in jedem Fall verwirrt genug, dass sie noch keinen Verdacht schöpfte.

»In Ordnung. Hier läuft das alles ein wenig anders. Es gibt kein Geld mehr. Man braucht auch keines mehr. Wenn man etwas haben möchte, kann man es sich einfach in den Geschäften abholen. Dafür wird nur der Chip gescannt. Auris rechnet den Wert der Waren dann in eine Kompensation um, die man in einem vorgegebenen Zeitraum erfüllen muss, um die Schuld zu begleichen.«

»Und was ist das für eine Kompensation?«

»Es wird ständig überwacht, was zu tun ist, damit die Gesellschaft am Laufen gehalten werden kann. Auris hört, weiß und berechnet alles. Wenn Sie sich etwas in einem Geschäft abholen, und irgendwo sucht man gerade eine Gärtnerin, wird geprüft, ob sie dazu geeignet sind. Dann werden Sie eingeplant.«

»Das klingt ja toll.« Yula war wirklich beeindruckt.

»Ja, wir arbeiten, um zu leben, und machen damit die Gesellschaft besser. Der Kanzler hat das System vor einigen Jahren eingeführt. Es wundert mich, dass Sie noch nie etwas davon gehört haben.«

»Doch, jetzt, wo sie es sagen«, murmelte Yula. »Ich hatte das mal gelesen, aber es klang so schön, dass ich es kaum geglaubt habe. Also arbeiten Sie nicht immer hier in diesem Laden?«

»Doch, junge Dame. Ich arbeite hier freiwillig. Man hat die Wahl: Wenn man eine Arbeit hat oder findet, die man regelmäßig machen möchte, ist das eine Möglichkeit. Oder man arbeitet eben auf Abruf und kompensiert nur das, was man zum Leben braucht.«

»Und wenn die Arbeit einmal nicht geeignet ist?«

»Wie meinen Sie das?«

»Naja, wenn ich für etwas eingeteilt werde, das ich nicht machen kann.«

»Das kommt nicht vor. Auris kennt alle genau. Die Tätigkeit passt immer. Man tut, was zu tun ist.« Wieder dieses Lächeln.

»Wie erfahre ich denn nun, was meine Aufgabe ist?«

»Fragen Sie einfach.«

»Wen?«

»Na, Auris.« Der Blick der Frau verriet, dass Yula dabei war, eine Grenze zu überschreiten.

»Ach so, na klar. Das mache ich!«, schob sie schnell hinterher. »Vielen Dank!«

Es war an der Zeit zu gehen. Für ihre totale Unwissenheit hatte sie sich doch eigentlich ganz gut durch diese Situation laviert. »Einen schönen Tag noch.«

»Das wünsche ich Ihnen auch«, erwiderte die Dame.

Wenige Sekunden später war Yula wieder auf der Straße und entfernte sich mit raschen Schritten weiter vom Tycho Spaceport.

In einem Geschäft lief auf einer Art Bildschirm eine Nachrichtensendung. Ein junger Mann im Anzug begrüßte die Zuschauer gerade zur aktuellen Stunde von NBM, was laut einer Einblendung wohl *New Berlin Media* hieß. Erneut wurde darauf hingewiesen, dass man live aus Ost-Berlin berichtete. Während im Hintergrund einige geringfügige Schäden an verschiedenen Gebäuden und Straßen gezeigt wurden, die allesamt nach den Explosionen gar nicht mehr hätten stehen dürfen, sprach der Mann von einem Terrorverdacht gegen Bewohner der dunklen Zonen. Die Regierung wolle mit aller Schärfe gegen die Täter vorgehen. Flüge zur Erde würden bis auf Weiteres ausfallen, da man für die Sicherheit aktuell nicht garantieren könne. Der Kanzler würde sich aber bald wieder an die Bevölkerung wenden. Danach ging es um ein neues Gewächshaus für Südfrüchte, die lange Zeit knapp gewesen waren.

Yula wandte sich ab und ging weiter. In ihrem Kopf rasten die Gedanken. Was wurde hier für eine abstruse Geschichte gestrickt? Nichts passte zusammen. Außerdem ärgerte sie sich, dass ausgerechnet die Menschen aus den dunklen Zonen als Sündenböcke herhalten mussten. Wie lange wollte man diese Scharade aufrechterhalten? Wenn sie recht hatte, würde so bald niemand mehr die Erde anfliegen können. Der komplette Weltraumbahnhof in Marzahn war schließlich mitsamt der Kuppel über Ost-Berlin eingestürzt. Es half alles nichts. Vermutlich war es so besser, als wenn alle in Panik gerieten. Yula musste sich ohnehin um andere Dinge kümmern. Als sie ein Hotel erreichte, fasste sie einen Entschluss, nahm sich ein Zimmer, bezahlte mit dem lustigen Piepsen aus einer weiteren Puderdose und saß schließlich mit ihrer Tasche und den frisch gekauften Klamotten auf dem Bett eines hübschen Zimmers.

Ein ausgiebiges Bad später war sie frisch frisiert und sah so bunt aus wie die Papageien vor dem Lokal. Was hatte die Frau in dem Laden noch gesagt? Sie solle Auris fragen? »Auris!«, sagte sie feierlich. Nichts passierte.

»Wenn Sie Ihre persönlichen Daten einsehen wollen, ergänzen Sie bitte ihr Passwort«, antwortete eine Stimme aus dem Hotelzimmer.

»Danke«, stotterte sie. Irgendwie war das Ganze ziemlich gruselig. Wer oder was hörte ihr zu? Und was zur Hölle hatte es nun damit wieder auf sich? Yugo hätte ihr wirklich etwas mehr erzählen können! Doch ... Moment mal. Yugo. Er hätte ihr sicher einen Hinweis gegeben. Sie kramte in ihrer Tasche nach der Taschenuhr, als ihr einfiel, dass diese noch in der schäbigen Jeans stecken musste.

Erneut öffnete sie den Deckel. Zeiger hatte die Uhr immer noch keine. Sie interessierte sich aber ohnehin mehr für die Inschrift. »Was heißt denn bloß Bellis Perennis?«, sagte sie vorsichtig.

Die Antwort kam prompt aus der Leere des Raumes: »Bellis Perennis ist der lateinische Name des Gänseblümchens, auch ausdauerndes Gänseblümchen, mehrjähriges Gänseblümchen, Maßliebchen, Tausendschön, Monatsröserl oder schweizerisch Margritli genannt. Es handelt sich um eine Pflanzenart innerhalb der Familie der Korbblütler. Es war ...«

»Danke. Ende«, sagte Yula schnell. Gänseblümchen. Yula dachte an ihren Vater und *Diesseits der Dämmerung* von Arthur C. Clarke. Ihr Leben auf der Erde schien so weit weg zu sein. »Auris. Bellis Perennis.«

Fast wäre sie hintenüber aufs Bett gefallen, als um ihren Kopf ein leuchtendes Feld auftauchte, auf dem Buchstaben und Zahlen zu erkennen waren. Yula tastete mit ihren Fingern in ihrem Gesicht herum. Das, was sie da sah, war nicht real. Und doch war es da. Sie ging zu einem Spiegel und blickte hinein. Nichts war zu sehen. Dieses Ding fühlte sich an, als würde sie eine riesengroße Sonnenbrille aus Licht tragen. Allerdings mit Schrift. Als ihr schwindelig wurde, setzte sie sich lieber wieder aufs Bett. »Zeige mir die Kompensation«.

Vor ihrem Auge erschien nun eine Anzeige, die ihr erklärte, dass sie für einen zweistündigen Reinigungsdienst in einer Kirche und vier Stunden im *Alten Krug* (offenbar ein Restaurant) als Kellnerin eingeteilt war. Die Adressen waren angegeben. Der erste Dienst sollte morgen, der andere innerhalb von vier Tagen abzuleisten sein, zweimal zwei Stunden zusammenhängend; Pausen hatte man keine vorgesehen. *Ganz schön viel für das bisschen Kleidung,* dachte Yula. Für das Hotelzimmer kam pro Übernachtung noch je eine Schicht Fließbandarbeit á vier Stunden in einer Fabrik hinzu, die *Chronowerx* hieß. Was zur Hölle war Fließbandarbeit? In jedem Fall hatte Auris sie dort in zwei Tagen erstmals eingeplant. Sie seufzte. Zu lange sollte sie sich den Luxus dieses Zimmers vermutlich nicht gönnen. »Was passiert, wenn man die Kompensationen vergisst?«

»Diese Option ist nicht vorgesehen«, antwortete Auris.

»Und wenn es doch passiert?«, wiederholte Yula.

»Dann werden geeignete Gegenmaßnahmen eingeleitet.«

»Wie sehen die aus?«

»Auf das Auslassen von Kompensationen steht Korrektur in Neu-Moabit.«

Je mehr die Dinge sich ändern, desto identischer bleiben sie, dachte Yula.

»Was ist, wenn ich schnell mal zurück zur Erde muss?«

»Diese Option ist nicht vorgesehen«, war die lapidare Antwort.

»Was würde passieren, wenn ich es versuchte?«

»Auf den Versuch steht Korrektur in Neu-Moabit.«

Yula hatte genug gehört. »Kann ich über dich jemanden finden?«, fragte sie das System.

»Diese Option ist nicht vorgesehen«, antwortete die blecherne Stimme in ihrem Kopf.

»Wo kann ich solche Informationen bekommen?«, versuchte sie es weiter.

»Bitte wenden Sie sich an das Register.« Erneut flammte eine Adresse samt Wegbeschreibung auf.

»Auris. Ende.«

Das Licht erlosch. Yula schüttelte den Kopf. Was Arthur C. Clarke wohl zu alledem sagen würde? Sie fühlte sich ein wenig wie Alvin; dieser hatte allerdings keine unsichtbare Lichtbrille gehabt.

Ihre neuen Jobs würde sie vorerst noch nicht antreten, sondern stattdessen das Register aufzusuchen. Dieses sollte nur einige Blocks entfernt sein. Sie prägte sich den Weg ein und war fünf Minuten später wieder auf der Straße. Eigentlich hätte sie zu gerne einmal so ein Shuttle ausprobiert, der Gedanke an noch weitere Kompensationen ließ sie aber zu Fuß gehen. Auf dem Weg blieb sie an einer großen Tafel stehen, die neben Nachrichten auch Informationen für Besucher anzeigte. Yula befand sich im sogenannten Bezirk B. In diesem lagen alle Verwaltungseinrichtungen, wie auch der Raumhafen. Darüber hinaus gab es allerdings auch noch weitere Bezirke. New Berlin war wirklich riesig.

Eine gute Stunde Fußmarsch hatte sie hinter sich, als vor ihr das Schild mit der Aufschrift *Register der freien Stadt New Berlin* erschien. Schon im alten Berlin waren ihr all die langen Wege manchmal zu viel geworden. Hier war es aber zumindest nicht kalt, stürmisch oder verregnet. Und es gab so viel zu sehen! An jeder Ecke erkannte sie den Einfluss ihrer Heimat, insbesondere in der Architektur. Das Register erwies sich jedoch als trister, grauer Bau. Yula trat gerade auf den

Eingang zu, als die Schiebetür bereits rasch zur Seite glitt. Im Innern war alles ebenso grau wie draußen. Ein großer Saal mit Sitzbänken ringsum und einem Computerterminal in der Mitte waren zu erkennen. An einer Seite saß ein älterer Herr, der vor sich hin döste. Auf der anderen Seite kauerte ein junger Mann, der alle paar Sekunden eine Flüssigkeit auf seine Zunge tropfte. Direkt neben der Eingangstür hatte sich eine junge Mutter mit zwei rothaarigen Jungen niedergelassen und versuchte verzweifelt, ihrem wilden Nachwuchs Einhalt zu gebieten. Yula ärgerte sich. Sie hätte vor dem Eintreten herausfinden sollen, wie man hier vorgehen musste. Nun spürte sie die Blicke der Anwesenden und hatte keine Ahnung, was zu tun war. Sie setzte sich erst einmal einen guten Meter neben die andere Frau und hielt inne.

»Wartest du auf jemanden?«, fragte diese schon nach einer halben Minute.

»Nein, ich …« Sie zögerte. Die Frau machte einen sympathischen, wenn auch nicht allzu intelligenten Eindruck. »Ich brauche eine Information. Ich suche jemanden.«

»Dann solltest du lieber deine ID scannen, was?«

»Ich bin nicht von hier. Ich kenne mich nicht aus«, sagte Yula offenherzig.

»Geh einfach zum Terminal und scanne deine ID oder deinen Chip. Dann wirst du irgendwann aufgerufen.«

Als sie ihren Arm vor das Display hielt, piepte das Terminal einmal kurz. Dann passierte nichts mehr. Yula nahm wieder neben der Frau Platz, die es nun aufgegeben hatte, ihre Söhne zu bändigen. Diese tollten um das Terminal herum und zogen die bösen Blicke des alten Mannes auf sich, der aus seinem Halbschlaf erwacht war.

»Ganz schön wild, die beiden«, sagte Yula lächelnd.

»Wem sagst du das. Die beiden sind die Hölle.« Sie lachte. »Mein Kerl hat mich verlassen, als wir noch auf der Erde waren. Wollte hier mit den Jungs ein neues Leben anfangen. Aber irgendwie ist es alleine auch nicht das Wahre. Hatte einen anderen Kerl kennengelernt. Aber der hat mich verprügelt. Hab ihn angezeigt. Naja.« Sie plapperte noch eine Weile vor sich hin. Doch so sehr Yula mit ihr fühlte, so angespannt wurde sie mit jeder weiteren Sekunde. Würde sie hier erfahren, wo Tara war? Es erschien fast unmöglich. War sie vielleicht wirklich nur noch einen Schritt davon entfernt, ihre Familie wiederzufinden?

»… naja, und jetzt versuche ich, den Papa von den Rackern zu finden. Der ist nämlich untergetaucht und will nichts mehr von uns wissen. Aber er soll auch hier irgendwo in New Berlin sein.« Erwartungsvoll schaute sie Yula an. »Ich bin übrigens die Gigi.«

»Schön, schön«, sagte Yula, ohne wirklich zu wissen, worum es gerade gegangen war. Die Antwort verfehlte aber nicht ihre Wirkung. Gigi verzog das Gesicht und wandte sich wieder ihren Kindern zu.

Schweigend saßen die beiden Frauen nebeneinander, bis Gigi von einer Computerstimme aufgerufen wurde. Sie hieß offenbar Gicolores Morati. Ohne sich zu verabschieden stand sie auf und entschwand mit den Rotschöpfen an den Händen in einen langen Flur auf der anderen Seite des Raumes. Yula hatte ein schlechtes Gewissen, doch konnte sie gerade an nichts anderes denken als an Tara. Wie lange saß sie hier bloß schon? Der ältere Herr war bereits vor Gigi aufgerufen worden. Nun fehlte nur noch der Typ mit den Tropfen. Was das wohl war? Yula starrte ihn unwillkürlich an, als er wieder seiner Routine folgte.

»Willste auch mal?« Mist. Er hatte sie bemerkt. Ungelenk setzte sich der riesige Kerl nun in Bewegung und kam unsicher zu ihr herüber. Als er sich neben sie setzte, wurde Yula fast übel. Er roch nach Urin, undefinierbaren Lebensmitteln und einer Art Gewürz, das sie nicht kannte. Bevor er die kleine Pipette in ihre Richtung bewegen konnte, war sie bereits aufgesprungen. Wie durch ein Wunder rief die Computerstimme sie in diesem Moment auf. *Frau Krüger. Raum 467.* Yula sprintete los und blickte nicht zurück. Was auch immer der Mann da zu sich nahm, wollte sie nicht in ihrer Nähe haben.

In Raum 467 war es angenehm kühl. Eine Pflanze stand neben dem Schreibtisch, an dem eine grauhaarige Frau mit einer Brille an einem Sichtschirm saß und ihre Hände geisterhaft über eine durchsichtige Fläche bewegte. Yula hatte früher einmal Tastaturen an Computern gesehen. Diese hier schien aber auf einem ganz anderen System zu beruhen. Es gab keine Knöpfe und keine Beschriftung. Die Finger der Frau glitten ganz leicht umher, was offenbar irgendeinen Effekt erzielte. Nach einigen Sekunden der Stille beendete die Frau ihre Arbeit und blickte auf.

»Frau Krüger? Nehmen Sie doch bitte Platz.«

Yula setzte sich auf den anderen freien Stuhl.

»Was kann ich für Sie tun?«

»Ich suche meine Schwester«, platzte es aus ihr heraus. Entschuldigend fügte sie hinzu: »Ich war vorher noch nie auf dem Mond. Meine Schwester ist bereits seit einigen Jahre hier, doch ich kenne ihre Adresse nicht.«

»So, so.« Die Frau legte den Kopf schief. »Dann wollen wir mal schauen. Wie heißt ihre Schwester?«

Yula stutzte. Sie erinnerte sich an den Grabstein in Ost-Berlin. Ihre Mutter war unter dem Namen Katharina Krüger beerdigt worden. Sie selbst kannte man jetzt als Marie Krüger. Doch wie lautete Taras falscher Name? Hatte Yugo das je erwähnt? Sie glaubte es nicht, wollte es aber auch nicht beschwören. Die Frau hatte inzwischen ihre Brille abgenommen. »Junge Dame, gibt es vielleicht ein Problem?«

Yula verstand. Sie musste irgendetwas sagen. »Die W-wahrheit ist …«, stotterte sie. »Ich kenne ihren Namen nicht. Wir wurden als Kleinkinder getrennt, und ich wünsche mir nichts sehnlicher, als sie endlich wiederzusehen.«

»Sie suchen ihre Schwester und kennen ihren Namen nicht?« Die Frau runzelte die Stirn. »Das heißt, wir suchen eine Frau Krüger? Oder könnte sie auch ganz anders heißen?«

»Ich weiß es nicht.«

»In Ordnung.« Die Frau setzte die Brille wieder auf und begann erneut, ihre Finger kreisen zu lassen. »Sie haben Glück. Es gibt außer Ihnen nur zwei weitere weibliche Einwohner mit dem Nachnamen Krüger. Die eine wohnt in Charlottenburg, die andere in Marzahn. Ich könnte Ihnen beide Adressen geben. Mehr kann ich leider nicht für Sie tun.«

»Das wäre toll.«

»Dann sind wir hier fertig«, sagte die Frau nach ein paar weiteren Kunststücken auf ihrem Eingabegerät. »Einen schönen Tag noch.«

Yula zögerte. Diesmal siegte jedoch die Vernunft. Sie hatte eine Ahnung, wie das Ganze weitergehen würde, und wollte nicht in noch mehr Fettnäpfchen treten. Also verkniff sie sich ihre Frage, verabschiedete sich und verließ das Büro. Einige Meter weiter rief sie erneut Auris auf. Und wirklich: Eine Art Nachricht beinhaltete die beiden Adressen und die Namen der Frauen: Maite und Eva Krüger. *Ganz schön praktisch, das alles,* dachte sie bei sich, als sie in die nun leere Wartehalle zurückkehrte und das Gebäude verließ. Zum Glück war der unangenehme Typ nicht mehr da.

Yula hatte Auris aktiviert gelassen. Außer ihr konnte ja offenbar ohnehin niemand die Anzeige sehen. Sie fand eine Karte von New Berlin und ließ sich mit Hilfe der Adressen Wegbeschreibungen anzeigen. Auf die Fußmärsche hatte sie diesmal jedoch keine Lust und hielt ein vorbeisausendes Shuttle an. Sie entschied, in einigen Tagen entweder am Leben auf dem Mond aktiv teilzunehmen (und die Kompensationen abzuarbeiten) oder bis dahin längst wieder verschwunden zu sein. Doch erstmal ging es nur um Tara.

Leichtfüßig hüpfte sie in das Gefährt, nannte die erste Adresse und genoss den Trip durch diese gleichermaßen bekannte wie unbekannte Welt.

VI. Parallaxe

Yula hatte sich eigentlich zunächst für Marzahn entschieden. Sie wollte sich einfach nicht vorstellen, dass ihre Schwester in Charlottenburg lebte; also an dem Ort, der so viele düstere Erinnerungen mit sich brachte. Marzahn hingegen war auf der Erde bunt und friedlich gewesen. Dort wollte sie gerne wieder hin. Doch zeigte ihr die Route an, dass es andersherum mehr Sinn ergab. Charlottenburg war direkt um die Ecke, Marzahn lag ein ganzes Stück abseits. Also gab sie klein bei und machte sich auf den Weg in die Vergangenheit.

Als sie die Grenze zwischen Bezirk B und A erreichte, stoppte das Shuttle und reihte sich in eine kleine Warteschlange ein. Kurz darauf war sie an der Reihe. Die Seite ihres Transportmittels öffnete sich wie von Geisterhand, und ein Terminal fuhr direkt daneben aus dem Boden. Yula verstand das Prinzip langsam und hielt ihren Arm unter den Scanner. Dass sich das Terminal daraufhin absenkte, wertete sie als gutes Zeichen. Die Seite des Fahrzeugs schloss sich wieder, und die Reise wurde fortgesetzt. Offenbar hatte Yugo sie mit Zugang zu allen Bereichen ausgestattet.

Ein Schloss gab es in diesem Charlottenburg nicht, wie Auris ihr verriet. Einzig eine riesenhafte Projektionsleinwand nahe der Kuppel zeigte die prächtige Frontansicht des Bauwerks, das mit seinen üppigen Blumenarrangements jedoch so gar nicht an Yulas Version erinnerte. Hatte die Ruine wirklich einmal so ausgesehen?

Das Shuttle stoppte. Ein Lichtkreis über ihr zeigte an, dass es an der Zeit war, zu bezahlen. Yula streckte ihren Arm aus und nahm das Piepen ungerührt zur Kenntnis. Einmal. Dreimal. Einmal. Was wohl diesmal anstand? Putzdienst im Raumhafen? Shuttles waschen? Für den Moment wollte sie das gar nicht genauer wissen. Sie verließ die Kabine und trat entschlossen auf das wunderbar cremefarbene Haus zu. Es gab zwei hübsche Erkerfenster im ersten Stock, einen gemauerten Vorbau mit einer großen Treppe und einen Garten voller duftender Pflanzen. Yula erinnerte sich an den Tierpark in Berlin-Ost. Die Idylle, die Natur, die Ruhe; all das hatte sie in der kurzen Zeit so sehr in sich aufgesogen. Die Gefühle waren hier fast die gleichen: Freiheit, Energie und Leben inmitten dieses künstlichen Ortes, der allerdings nicht einmal mehr das Original war, sondern nur eine Kopie mit Projektionsfeldern. Ob wohl die Pflanzen echt waren?

Sie nahm allen Mut zusammen und berührte das Feld neben dem Namensschild. Darauf stand: Familie Krüger. Eine Weile geschah nichts. Dann waren Schritte zu hören. Eine junge Frau öffnete. Zuerst sah Yula die braunen, langen Haare. Wie bei Tara. Doch bevor sich ihre Augen mit Freudentränen füllen und sie ihrer Gegenüber in die Arme fallen konnte, realisierte sie, dass der Rest gar nicht zu Tara passte.

»Was kann ich für dich tun?« Die Stimme klang spitz.

»Ich suche Maite Krüger.«

»Das bin ich.«

Mist, dachte Yula. Es wäre zu schön gewesen.

»Was kann ich denn für dich tun?«

»Ich suche meine Schwester, habe aber nur zwei Adressen von ihr. Deine war die erste …«

»Das tut mir leid. Wir wohnen aber schon immer hier. Wie kommst du auf die Adresse?«

»Es gibt nur zwei Familien mit dem Namen Krüger in New Berlin.«

»Aha. Und deine Schwester heißt also auch Maite Krüger?«

»Ja«, log Yula.

»Das ist ja ein Zufall.« Die junge Frau lächelte freundlich.

Yula bemühte sich ebenfalls um ein Lächeln.

»Wo ist denn die zweite Adresse?«, wollte Maite wissen.

»In Marzahn.«

Ein Schatten huschte über das Gesicht der jungen Frau. »Dann hoffe ich, dass du deine Schwester dort findest«, sagte sie schnell und verabschiedete sich.

Yula blieb allein auf der Straße zurück. So künstlich dieser Ort auch war, sie hätte Tara gerne hier gefunden. Noch einmal sog sie den Duft der Blumen ein, dann ging sie die Straße entlang. Was hatte die Reaktion zu bedeuten? Yula war verwirrt. Dieses Charlottenburg hatte mit ihrem wirklich gar nichts gemeinsam. Was das wohl für Marzahn bedeutete? Sie nahm das nächste Shuttle und befahl dem unsichtbaren Fahrer, die zweite Adresse anzusteuern.

Zunächst ging es zurück in Bezirk B, wobei in dieser Richtung gar keine Kontrolle stattfand. *Verstehe,* dachte sie. *Wenn man in einen besseren Bezirk reist, braucht man die Freigabe, wenn man in einen schlechteren wechseln will, darf man ganz selbstverständlich passieren.* Es änderte sich einfach nie etwas, solange Menschen im Spiel waren.

Auf dem weiteren Weg fiel ihr ein neuerliches Schild auf, das den Wechsel des Bezirks anzeigte. Wie auch zuvor waren hier einige Uniformierte postiert, die zwar reglos in ihrem kleinen Häuschen verharrten, aber offenbar bereit waren, sofort einzuschreiten, sollte es nötig werden. Zwischen A und B waren es zwei pro Häuschen gewesen. Aus Bezirk B ging es nun also in Bezirk C; hier waren es bereits vier pro Straßenseite. Die umgehängten Waffen sahen zudem irgendwie bedrohlicher aus, die Wachen finsterer.

Auf der anderen Seite des Übergangs war die Bebauung deutlich zweckmäßiger als zuvor. Der Kontrast zu Charlottenburg war inzwischen riesig. Auch hatte Yula das Gefühl, dass die Kleidung der Menschen nicht mehr so farbenfroh war. Nach zwanzig Minuten gelangte das Shuttle an einen weiteren Übergang. Dieser wies den nun folgenden Bereich als Bezirk D aus, wobei das D rot geschrieben war und irgendwie auch größer wirkte. Die Wärterhäuschen waren nun fast schon imposant, und man konnte nicht erkennen, wer sich darin befand. Im Vorbeifahren erblickte Yula noch ein Warnschild, das mit ›Auf eigene Gefahr‹ begann. Mehr konnte sie auf die Schnelle nicht lesen. Kurz nach dem

Übergang erblickte sie dann das Schild mit der Aufschrift Marzahn. Jemand hatte sonderbare Zeichen darüber gemalt. Die Häuser waren düster und die Straßen menschenleer. Eigentlich sah es hier genauso aus wie in ihrem West-Berlin. Yula hatte einmal gelesen, dass Ost-Berlin ganz früher der ärmere Teil der Stadt gewesen war. Zuletzt war das Gegenteil der Fall. Und hier stand nun wieder alles auf dem Kopf. Sie wischte die verwirrenden Gedanken beiseite, als das Shuttle erneut hielt.

Nach dem obligatorischen Piepsen fand sie sich ein weiteres Mal vor einem Haus wieder, einem Mehrfamilienhaus. Die Wände waren beschmiert, einige Scheiben eingeschlagen, und Pflanzen konnte man weder riechen noch sehen. Es gab schlicht keine. Yula seufzte. Sie war wieder dort, wo alles begonnen hatte. Immerhin musste sie hier nicht frieren. Mit wackeligen Knien näherte sie sich der Eingangstür. Am Klingelschild standen viele Namen, einige Schilder fehlten jedoch auch. Krüger war nirgendwo zu lesen. Es blieben ihr also die vier Knöpfe ohne Kennzeichnung. Beim ersten und zweiten passierte gar nichts. Beim dritten öffnete sich ein Fenster im Erdgeschoss. Ein dicker alter Mann mit Halbglatze und freiem Oberkörper öffnete. »Was willsn du?«, lallte er.

»Ich suche Eva«, brachte Yula heraus.

»Ich geb dir gleich Eva. Komm nur rein.«

»Nein, danke. Ich warte noch kurz auf meinen Freund.«

»Ach, vergiss es.« Er knallte das Fenster wieder zu.

Eine Chance gab es noch. Sie drückte den letzten freien Klingelknopf. Diesmal öffnete sich ein Fenster im vierten Stock. Ein junger Mann blickte heraus.

»Was willst du?«

»Ich suche meine Schwester«, versuchte Yula es diesmal.

»Eva? Die is nicht hier.«

»Kommt sie denn wieder her?«

»Ja, klar. Wohnt ja hier. Willste warten?«

»Gerne.«

Der Mann verschwand. Ein Öffnungsmechanismus summte. Yula ging rasch die Stufen hinauf, bis sie vor einer angelehnten Tür stand. Der Kerl hatte zwar nicht ganz so schlimm ausgesehen wie der erste, sie war aber trotzdem vollkommen verrückt, alleine in eine solche Wohnung zu gehen.

Als sie den Flur jedoch betrat, machte ihr Herz einen Sprung. Auf den Bildern an den kargen Wänden war der Typ vom Fenster mit einer Frau zu sehen: Tara! Sie war älter und sah auch anders aus, als Yula sie in Erinnerung hatte. Doch gab es keinen Zweifel. Sie war es! Der Bewohner kam nun aus einem der hinteren Zimmer. »Soso, du suchst also die Eva. Was willste von ihr?«

»Ich bin ihre Schwester.«

»Eva hat keine Schwester.«

»Ich *bin* ihre Schwester«, wiederholte Yula und fühlte sich dabei wie ein Roboter.

»Eine gewisse Ähnlichkeit lässt sich nicht leugnen.« Der Mann blickte sie von allen Seiten an. »Ich würde sagen, du wartest da in dem Zimmer.«

»Darf ich fragen, wer du bist?«

»Evas Freund. Der Ulf. Brauchst du irgendwas? Was zu trinken?«

»Nein, danke.«

Kurz darauf saß sie auf einem abgewetzten Bett. Es gab nur wenig in diesem Raum zu sehen. Auf einigen Bildern war Tara mit ihrem Freund zu erkennen. Auf anderen waren beide alleine. Sie sahen eigentlich glücklich aus. Als sie so ihren Gedanken nachhing, öffnete sich plötzlich die Tür. Leider war es nicht Tara.

»Ich dachte mir, du willst vielleicht ein bisschen Gesellschaft.« Der Mann setzte sich demonstrativ neben Yula aufs Bett. »Du siehst ihr echt ein bisschen ähnlich, wenn ich ehrlich bin.« Er begann, ihre Wange zu streicheln. Yula versuchte aufzustehen, wurde jedoch sofort zurück auf das Bett geworfen. Bei dem

Versuch, sich aus dem Griff des Mannes herauszuwinden, landete sie auf dem Bauch und spürte Ulfs Knie auf ihrem Rücken. Der Kerl war kräftiger, als er aussah. »Nicht mit mir, Kleine«, grunzte er. Yula tastete mit ihren Händen den Boden unter dem Bett ab. Als sie seinen Atem in ihrem Nacken spürte, fanden ihre Finger etwas Metallenes. Mit einem Ruck ließ sie ihren Fund nach hinten sausen und traf den Mann mitten im Gesicht. Dieser ächzte und rollte sich zur Seite. »Miststück!«, brüllte er. Yula sprang auf und blickte auf die Bratpfanne in ihrer Hand. *Warum zur Hölle hat jemand eine Bratpfanne im Schlafzimmer?*, dachte sie beiläufig, aber ebenso flüchtig erinnerte sie sich plötzlich an das Pärchen in der Kanalisation von Berlin. Sie behielt das Fundstück fest in der Hand und rannte aus dem Zimmer. Der Mann folgte ihr, hielt aber Abstand. »Du bist wirklich Evas Schwester«, sagte er mit schmerzverzerrtem Gesicht. »Ich glaube, du gehst besser. Sie hat mich vor ein paar Monaten verlassen. Die kommt nicht mehr her. Sorry, Kleine. Du findest sie wahrscheinlich im Regent´s Club. Grüß sie mal von mir.«

»Was macht sie da?«, fragte Yula und hielt die Bratpfanne drohend vor sich.

»Arbeiten, was sonst?« Damit schob er sie aus der Wohnung. »Ich kühle mir mal mein Auge. Habe ich wohl verdient.« Die Tür fiel ins Schloss. Yula legte die Pfanne vor der Tür ab und eilte die Treppe herunter. Auris konnte natürlich erneut weiterhelfen. Der Regent´s Club war nicht weit entfernt. Yula eilte zu Fuß die dunklen Gassen entlang und wich allen Passanten aus. Als sie vor dem Club ankam, verlor sie den letzten Rest Hoffnung. Neben dem Namensschild tanzten die Abbilder von zwei leichtbekleideten Frauen auf einer holographischen Wand. Das war nicht die Art von Etablissement, auf die Yula gehofft hatte. Konnte es noch schlimmer werden? Was machte Tara hier?

Sie betrat den Laden. Drinnen war es stickig und laut. Fremdartige Musik schallte Yula entgegen, und die Blicke der anwesenden Männer waren äußerst unangenehm. Es war offensichtlich: Als Frau hielt man sich hier normalerweise nur aus professionellen Gründen auf, aber sicher nicht als Gast.

Sie schlängelte sich an etlichen gaffenden Gästen vorbei und erreichte schließlich den Tresen, wo eine etwas mürrisch dreinblickende Frau ihren Dienst verrichtete.

»Was treibt dich denn hierher, Mädchen? Wurdest du uns zugeteilt?«

»Nein, nein«, erwiderte Yula schnell. »Ich suche meine Schwester. Sie heißt Eva und soll hier arbeiten.«

»Eva?« Das Gesicht der Frau verfinsterte sich. »Die ist noch hinten, aber du wirst sie bald zu sehen bekommen. Sie hat aber nie etwas von einer Schwester erzählt.«

»Wir haben uns sehr lange nicht gesehen.«

»Das Gefühl kenne ich gut. Bist du gerade erst angekommen?«

»Ja.« Yula wollte nicht schon wieder zu viele Lügen erzählen und sparte die ganze Geschichte mit Australien hier lieber aus.

»Kommst du aus Berlin? Weißt du, was dort passiert ist?«

»Ja, ich …« Sie stockte. Konnte sie riskieren, darüber zu sprechen? »Ich komme aus Berlin.«

Die Frau drehte sich ruckartig um, sprach kurz mit einer Kollegin, dann schenkte sie zwei Gläser randvoll ein, verließ ihren Tresen und zog Yula in eine dunkle Ecke. »Bitte sag mir, was in Berlin passiert ist. Ich muss es wissen.«

»Warum?«, fragte Yula.

»Ich habe meinen Sohn auf der Erde zurückgelassen und wollte ihn hierher holen, wenn alles sicherer ist. Und jetzt habe ich gehört, dass irgendwas Schreckliches passiert sein soll.«

»Wer sagt das denn?« Yula war verwirrt. In den Medien wurde die Angelegenheit heruntergespielt. Woher wusste die Frau etwas über die Explosionen?

»Ich kenne gewisse Leute. Aber keiner von denen war dabei. Hast du irgendetwas gesehen?«

Yula beschloss, die Wahrheit zu sagen. »Die Kuppel ist eingestürzt und der Raumhafen mitsamt Berlin in Flammen aufgegangen. Es tut mir leid.« Das war vielleicht doch etwas ehrlicher gewesen, als sie beabsichtigt hatte.

Das Gesicht der Frau verlor jegliche Farbe. Sie lehnte sich zurück und trank beide Gläser in wenigen Zügen aus. Tränen traten in ihre Augen. »Vielleicht ist ihm nichts passiert ...«, murmelte sie.

»Wo befand er sich denn?«

»In Stasis. Ich hatte ihn einfrieren lassen, um ihn zu schützen, solange wir getrennt wären. Sie lagern die Stasiskammern unterirdisch.«

»Ich weiß«, sagte Yula. »Ich meine, ich hörte davon. Wie heißt Ihr Sohn?«

»Tom. Tom Riemann.«

Nun wurde Yula schlecht. Tom Riemann. Die blutverschmierte Stasiskammer. Ihre Gegenüber bemerkte, dass etwas nicht stimmte, doch Yula bemühte sich um Fassung. »Es war wirklich schlimm. Aber vielleicht ist in der Kanalisation nichts passiert.« Sie sprang auf. »Wo finde ich Eva?«

Toms Mutter war gar nicht mehr richtig anwesend. Sie deutete nur kraftlos in eine Richtung und sackte noch weiter in sich zusammen. Yula musste weg. Tara finden und weg.

Erneut drückte sie sich durch die Menschenmenge, immer darauf bedacht, keinen allzu langen Körperkontakt zuzulassen. Ein alter, betrunkener Mann wollte sie auf seinen Schoß ziehen, doch sie war schneller und schlug gekonnt einen Haken. Immer weiter ging es hinein in diese Hölle aus Schweiß, stinkendem Alkohol und dem Geruch von KACK. Als Yula sich bereits einmal durch den kompletten Laden laviert hatte, stand sie plötzlich vor ihr. Tara.

Sie trug die langen, dunkelbraunen Haaren offen, ihre Augen waren noch genau so blau wie immer, und auch ihr Mund mit den dünnen Lippen hatte den gleichen ernsten Ausdruck. Doch sie sah auch müde und krank aus.

Tiefe Augenringe wurden mühsam von starker Schminke überdeckt, sie trug nur Unterwäsche (oder etwas Ähnliches), verschiedene farbige Tattoos verzierten ihren Körper, und ihre Unterarme waren von vielen kleinen Narben zerfurcht, die sich wirr überlagerten. Tara starrte ihrer Schwester direkt ins Gesicht, zeigte jedoch keine Regung. Erst als Yula sie fest an sich drückte, kullerten auch bei Tara ein paar Tränen die Wange herunter.

Die beiden gingen behutsam durch die Menge, bis sie in einer Ecke vor den Toiletten angekommen waren, wo eine Gruppe Männer ein holographisches Spiel mit Schwertern spielte. Sie schauten auffällig interessiert zu den so unterschiedlichen Frauen hinüber, hielten sich aber noch in Zaum.

»Wie kommst du hierher?«, stotterte Tara.

»Das ist jetzt nicht wichtig. Ich bin so froh, dass ich dich gefunden habe. Lass uns gehen und später reden.«

»Gehen? Spinnst du? Meinst du, es wäre so einfach für mich, zu gehen?« Taras offene Feindseligkeit überraschte Yula.

»Meinst du, es war toll für mich die ganzen Jahre? Papa ließ uns erst wochenlang in irgendeinem Transferzentrum versauern. Dann redete er die ganze Zeit nur davon, dich nachzuholen, und eines Tages war er einfach weg. Ich habe ihn nie wiedergesehen. Mama hat das nie verkraftet. Die ersten Monate hat sie noch versucht, sich zusammenzureißen. Als klar war, dass Papa nicht wiederkommt, ging es bergab mit ihr. Sie hat sich zu Tode gesoffen und dann erhängt, und ich musste für den ganzen Mist hier oben diese Kompensation annehmen. Nicht mal zur Beerdigung haben sie mich nach Hause fliegen lassen! Ich weiß nicht mal, ob sie jemals stattgefunden hat!«

»Doch, hat sie«, sagte Yula tonlos. »Ich stand vor ihrem Grab.«

Einen Moment schwiegen beide.

»Ist es schön?«

»Es ist sehr friedlich. Ich vermute, Yugo hat sich darum gekümmert.«

»Diakon Pfeiffer? Ja, das kann stimmen. Er war ein Feund von Papa.«

»Was ist dann passiert? Warum bist du immer noch hier?«

»Sehe ich so aus, als hätte ich das gewollt? Als ich mit meinen Stunden fertig war, hatte mich der Arsch von Vladi schon abhängig von KACK gemacht. Bei jedem Freier gab es immer irgendwelchen gepanschten Kram. Jeden Abend. Irgendwann ging es nicht mehr ohne. Für jeden neuen Schuss musste ich wieder einen Tag in diesem Loch arbeiten. An manchen Tagen hat er mir trotzdem kein KACK gegeben. Dann hab ich eben gesoffen und andere Sachen genommen. Immer das, was da war. Und immer schön an der Stange tanzen und jedes Arschloch an mich ranlassen. Zweimal habe ich mich deshalb blutig geritzt, damit er mich ins Krankenhaus bringt. Aber der Wichser hat mich nur oben in einem Zimmer liegen lassen und mich mit Drogen vollgepumpt, bis ich wieder arbeiten konnte.«

Yula vermochte kein Wort zu sagen. Alles, was sie sich von ihrem Leben und der Wiedervereinigung mit ihrer Familie gewünscht hatte, starb in diesen Minuten in einem Drecksloch von Kneipe auf New Berlin.

Tara hielt kurz inne. Dann blitzten ihre Augen verärgert auf. »Was schaust du mich so an? Meinst du, ich hab mir das ausgesucht? Ich wäre auch lieber in West-Berlin geblieben und hätte mir ein ruhiges Leben gemacht. Aber nein, die Prinzessin musste ja zurückbleiben, weil sie so wichtig für die Welt war. Was für ein Scheißdreck!«

Das hatte gesessen. Natürlich wäre es Yula nie in den Sinn gekommen, ihr eigenes Schicksal von dieser Seite zu betrachten. Wie denn auch? Sie hatte nicht gewusst, was mit ihrer Familie geschehen war. »Es ...«, setzte sie an.

»Wage es nicht«, schallte es ihr entgegen. »Ich will nichts hören.«

Eine Minute lang sprach niemand. Dann fasste Yula sich ein Herz. »Ich will dich hier rausholen. Ich weiß, dass ich nichts ungeschehen machen kann. Aber wir brauchen eine zweite Chance. Lass uns gemeinsam abhauen und irgendwo neu anfangen.«

Ein hysterisches Lachen war die Antwort. »Meinst du nicht, ich versuche das seit Jahren? Die lassen mich hier nie mehr raus! Wenn ich nicht zur Arbeit komme, holen sie mich ab. Egal wo. Zur Hölle, ich komme ja nicht mal aus Bezirk D raus! Die haben meine Berechtigungen gesperrt. Ich verrotte hier!«

»Papa …«, wollte Yula beginnen, doch wurde erneut unterbrochen.

»Vergiss ihn. Er hat uns beide verlassen. Dich hat er alleine sitzen lassen und sich nicht mehr um dich gekümmert, und Mama und ich sind hier vor die Hunde gegangen. Was für ein Mensch kann das sein?«

Als Yula gerade noch etwas erwidern wollte, sah sie eine Gruppe Männer auf sie zukommen. Der eine packte Tara und wies sie an, ihren Job zu machen, die anderen hoben Yula in die Höhe und setzten sie unsanft vor die Tür. Als einer ihr noch ein »Lass dich hier nie wieder blicken!« entgegenschleuderte, riss Yula sich los, rannte um die nächste Häuserecke und sank in sich zusammen. Sie brauchte einen Plan B.

VII. ELEFANT

Eine ganze Weile starrte sie vor sich hin und fragte sich, was sie jetzt noch motivieren sollte. Tara hatte gar nicht so unrecht, was ihren Vater anging. Sein Verhalten war mehr als rätselhaft und durch nichts zu entschuldigen. Ihre Mutter war tot und Tara auf dem besten Weg dorthin. Ob sie überhaupt mitkommen würde, wenn Yula einen Weg fand, sie zu befreien? Wie hatten Achim und Yugo sich das alles überhaupt vorgestellt? Was sollte sie auf dem Mond eigentlich genau machen? Sie ging im Geiste noch einmal durch, was die beiden ihr gesagt hatten. Doch da war nichts. Oder doch? Yugo hatte gemeint, dass ihr irgendwer zu gegebener Zeit mehr über ihre Mission sagen würde. Doch wer? Und wann? Sie dachte an die Zeit in Ost-Berlin, den Friedhof, Yugos Wohnung, die Kirche mit ihren bunten Fenstern und dem schönen Geruch. Das war es! Sie schreckte hoch. Die Kirche! Yula vergewisserte sich, dass niemand in der Nähe war, und aktivierte Auris. Die erste Kompensation bestand aus einem zweistündigen Reinigungsdienst in einer Kirche. War es so einfach? Sie studierte die Daten genauer. Die Kompensation war einen Tag vor ihrer Ankunft auf New Berlin eingetragen worden. Es gab keinen Zweifel. Yugo hatte ihr einen Hinweis hinterlassen. Sie ließ sich die Adresse anzeigen, rief sich ein Shuttle und machte sich auf den Weg zurück in Bezirk B.

Die Kirche war schlicht und in keiner Weise mit der zu vergleichen, in der sie Yugo kennengelernt hatte. Die Tür stand offen und Yula trat ein. Drinnen war niemand zu sehen. Die Fenster an den Seiten waren das Auffälligste an diesem Ort. Sie zierten verschiedene Symbole unterschiedlicher Religionen. Alle konnte sie zwar nicht zuordnen, erinnerte sich aber an ein Buch, das sie einmal gelesen hatte. Offenbar hatte man alle Glaubensrichtungen in einer Kirche zusammengefasst. Im vorderen Bereich gab es eine kleine Holztür.

Yula klopfte. Nach einigen Sekunden öffnete eine Frau, die

mindestens achtzig Jahre alt war und ein sehr freundliches Gesicht hatte. »Was kann ich für Sie tun?«

»Mein Name ist Yula. Yugo schickt mich.«

Der Frau entglitten die Gesichtszüge, aber sie öffnete die Tür und zog ihre Besucherin herein. »Ich bringe dich zu Caro und Ronny. Komm mit.«

Die Hinterzimmer der Kirche waren genauso schlicht und kahl gehalten wie der Rest. Yula erinnerte das Ganze eher an die Wartebereiche im CIT in West-Berlin. Klappstühle, mattgrüne Wände, keine Bilder.

»Ich bin übrigens Edith, aber die meisten nennen mich einfach Oma«, sagte die runzlige Frau und lächelte. Yula fühlte sich wohl bei ihr. »Möchtest du etwas Warmes trinken? Einen Tee vielleicht?«

»Gerne.«

Auf dem Weg kamen sie an einer kleinen Küche vorbei. Edith setzte Tee auf und bat Yula, einen Moment zu warten. Nach etwa fünf Minuten kehrte sie zurück, bereitete ein Tablett mit dem Tee und ein paar Keksen vor und führte ihre Begleiterin in ein weiteres Zimmer, in dem eine Ledercouch und ein kleiner Tisch standen. Eine rothaarige Frau mit kräftiger Statur saß neben einem Mann, der zwei Köpfe kleiner war als sie. Die Frau stand auf und begrüßte die Fremde herzlich. Der Mann blieb sitzen und beäugte Yula nur misstrauisch. »Willkommen, dein Name ist Yula? Ich bin Carolina, aber alle nennen mich Caro. Dieser Griesgram hier ist Romuald, aber Ronny mag er lieber. Oma Edith kennst du ja schon.« Die alte Dame nickte. Yula nahm Platz und wollte zunächst abwarten, was nun passieren würde. Ronny übernahm das Wort. »Ich weiß nicht, wieviel Yugo dir erzählt hat …«

»Ich soll die Welt retten«, sagte Yula trocken. »Nur wie, das hat er mir leider nicht verraten.«

Caro musste lachen. »Typisch Yugo. Hast du auch Achim kennengelernt?«

»Ja, der hat dasselbe gesagt. Mehrmals.«

»Das passt zu den beiden«, meinte Ronny und taute ein wenig auf. »Wo soll ich anfangen? Einfach ausgedrückt, sind wir die einzigen, die die Ausrottung der Menschheit noch verhindern können. Und wir sind weder viele, noch haben wir Waffen oder starke Verbündete. Wir haben nur einen Plan, den wir aber leider nicht durchführen können, weil er einen ziemlich großen Haken hat.«

Jetzt übernahm Caro. »Ronny ist ein wenig zynisch. Aber er hat schon recht. Die Schatten werden nichts von unserer Zivilisation übriglassen, wenn wir nicht bald eingreifen. Der Kanzler und seine Leute sind nur noch Marionetten. Alles wird aus dem Ödland außerhalb der Kuppel auf der dunklen Seite des Mondes gesteuert. Dort gibt es einen Komplex der Regierung. Die Schatten leben in einer Art Krater, aber das wissen wir nicht genau. Auf jeden Fall bewachen sie das Ödland und das Gebäude.«

»Was ist nun meine Aufgabe?«, fragte Yula.

»Du trägst das Gegenmittel in dir und hast noch nie KACK konsumiert, richtig?«, fragte Ronny.

»Richtig.«

»Dann bist du die Einzige, die – ohne von den Schatten bemerkt zu werden – in den Komplex eindringen kann, um dort eine Vorrichtung zu installieren, die uns das Heft des Handelns für eine kurze Zeitspanne zuspielen wird. KACK wird von ihnen verwendet, um uns besser wittern zu können. Schon kleine Mengen markieren uns. Wir werden dadurch sozusagen sichtbar. Sie haben keine Augen.«

»Ich weiß«, sagte Yula und dachte an die Kreatur in ihrem Keller.

»Das ist auch der Grund, warum keiner von uns gehen kann. Du hingegen bist für sie gar nicht existent, besser noch, du bist ungenießbar für sie.«

»Dann ist das Mittel also der Schlüssel, um die Schatten loszuwerden?«

»Sozusagen. Aber all das bringt herzlich wenig, wenn du hier nicht wegkommst und alle Menschen auf der Erde und dem Mond sterben«, sagte Caro.

Yula dachte an ihr Erlebnis in der Kanalisation. Die Schatten hatte sie also nur deswegen nicht bemerkt, als sie sich über die Cryo-Kapseln hergemacht hatten.

»Was hat es mit dem Zucker auf sich?«, fragte Yula.

»Zucker? Was meinst du?«

»Achim sagte, ich solle mich im Notfall damit einreiben, damit sie mich nicht bemerken.«

Erst schauten Edith, Caro und Ronny sich nur an, dann gab es kein Halten mehr. Yula wusste zwar nicht, warum die drei so sehr lachten, musste aber einfach mitmachen.

»Achim ist so ein Spinner!«, sagte Caro nun nach Luft japsend. »Sorry, aber er hat dich nur auf den Arm genommen. Das ist so typisch für ihn … Er hat bestimmt gehofft, dass du uns danach fragen würdest. Vielleicht wollte er so sicherstellen, dass wir dir glauben.«

Als sich alle wieder beruhigt hatten, fuhr Ronny fort: »Wärst du nicht gekommen, hätte uns nur noch ein verzweifelter Plan B geholfen.«

»Mein Plan B ist nun also euer Plan A«, dachte Yula laut.

»Unser Plan ist eigentlich ziemlich gut. Nur leider konnte bisher eben niemand dort rein. Yugo sagte, er würde uns jemanden schicken. Nun. Da bist du also.«

Nach einer kurzen Pause fragte Yula: »Habt ihr alle Kuppeln auf der ganzen Welt zerstört?«

»Ja«, erwiderte Caro bitter. »Alle Kuppeln und alle Raumhäfen. In Berlin, Murmansk, Kapstadt, Sacramento und Boston.«

»Sind dabei nicht viele Menschen gestorben?«, wollte Yula wissen.

»Ganz bestimmt sogar«, sagte nun Edith. »Aber wir mussten die Menschen wieder vereinen. Die Bewohner der Habitatzonen haben die restliche Bevölkerung der Erde mit der Zeit einfach vergessen und den Schatten zum Fraß vorgeworfen. Das war ein unverzeihlicher Fehler. Wir haben als Menschheit aber nur gemeinsam eine Chance. Ich habe mich oft gefragt, ob das Wohl jedes Einzelnen nicht mehr wert ist als das Wohl aller. Doch ich glaube, dass in diesem Fall das große Ganze zählt. Wir gehen unter, wenn wir nichts unternehmen, Yula. Wir alle. Jetzt haben wir die Chance, zu kämpfen.«

»Du kannst uns glauben, dass keinem diese Entscheidung leichtgefallen ist. Wir sind verzweifelt, Yula, und wir wissen, dass wir anders keine Chance haben. Andernfalls hätten wir allen beim Sterben zugesehen.«

Es klopfte. Ein junger Mann mit Locken steckte seinen Kopf durch den Türspalt. »Caro? Dürfen wir einmal kurz stören? Ich habe hier eine junge Dame, die unbedingt Yula sehen möchte.«

Caro winkte sie herein. Yulas Augen weiteten sich, als sie die Sommersprossen und die blonden Zöpfe wiedererkannte. Auch das etwa zwölfjährige Mädchen erschien überrascht. »Bist du es wirklich? Ich konnte mir nicht vorstellen, dass es ein Zufall ist und noch jemand diesen Namen hat.«

»Anna!«, rief Yula und sprang auf.

Die beiden umarmten sich. Das Mädchen weinte. »Es tut mir so leid, dass ich dich im Park verpetzt habe. Ich hatte ja keine Ahnung. Sauber siehst du irgendwie ganz anders aus.«

»Annas Eltern waren Regierungsbeamte auf der Erde, aber sie haben auch dem Widerstand geholfen. Sie wussten, was passieren würde, und brachten ihre Tochter hier in Sicherheit. Vorher haben sie ihr alles erzählt«, erklärte Ronny.

Wieder liefen Anna Tränen die Wangen herunter. »Nachdem ich dich getroffen hatte, waren sie auf einmal sehr besorgt. Sie haben mich dann mit meiner Oma zusammen früher als geplant losgeschickt. Eigentlich wollten sie mitkommen, aber es gab noch etwas zu erledigen. Seitdem habe ich sie nicht mehr gesehen.« Sie drückte sich noch näher an Yula.

»Wir vermuten, dass sie nicht überlebt haben, wissen es aber nicht«, sagte Edith wie versteinert. Yula wurde klar, dass auch sie ihren Sohn oder ihre Tochter verloren hatte.

»Hast du noch einen Elefanten gesehen?«, fragte Anna plötzlich.

»Nein.«

»Das macht nichts. Ich habe ihn für dich mit gesehen. Meine Oma sagt immer, dass man schöne Erlebnisse teilen kann, wenn man sich ganz doll darauf konzentriert.«

Die alte Frau hinter ihr schmunzelte weise. »Vielleicht siehst du sie ja, wenn du die Augen schließt?«

Yula tat, wie ihr geheißen, und musste ebenfalls weinen. Mit Anna und ihrer Großmutter fühlte es sich ein wenig nach Familie an. Etwas, das Yula in den letzten Jahren nur in Gins Nähe gespürt hatte.

Ronny holte die beiden etwas unsanft in die Realität zurück. »Es tut mir leid, euch zu stören, aber wir sollten weitermachen. Mir kam da nämlich gerade eine Idee.«

Yula und Anna blickten ihn mit verweinten Augen an.

»Wir haben uns die ganze Zeit gefragt, wie du das alleine schaffen sollst. Vor allem gäbe es keinen Plan B, wenn dir unterwegs etwas zustößt. Dabei ist es so einfach. Anna hat auch nie die Impfungen bekommen. Sie hat zwar nicht die richtige Blutgruppe für die Immunisierung, aber sie könnte dich immerhin begleiten. Von unserer Gruppe seid ihr die einzigen, die da reinkommen können, ohne von den Schatten entdeckt zu werden.«

»Aber dürfen wir das machen? Anna ist doch noch ein Kind«, mischte sich Caro ein. Ein trotziger Blick und verschränkte Arme waren die Antwort.

»Uns bleibt keine Wahl«, sagte Yula schließlich. »Also nehmen wir mal für einen Moment an, dass wir das machen. Was dann? Wird dann einfach alles wieder gut?«

»Nein«, erwiderte Ronny dumpf. »Aber dann haben wir vielleicht eine Chance.«

Yula verzog den Mund. »Toll. Das ist sie also, meine großartige Mission zur Rettung der Welt?«

»Nein. Die beginnst du, wenn du hier fertig bist.«

Ein amüsierter und verständnisloser Blick war diesmal die Antwort. Die ganze Sache war verrückt. Es spielte aber keine Rolle. Sie hoffte einfach, dass sich irgendwer schon etwas dabei gedacht haben würde.

»Dann sind wir uns einig, denke ich. Zwei Fragen habe ich aber noch.« Sie kramte in ihrer Tasche. »Könnt ihr mit diesem Code etwas anfangen?«

Caro und Ronny schauten sich das kleine gelbe Blatt Papier mit den Zahlen 4815-1623-42 an, das Yula an Bord der UES Berlin zugesteckt bekommen hatte.

»Nein, keine Ahnung. Du, Caro?«

»Nein. Woher hast du das denn?«

»Ich weiß es nicht genau. Auf der UES Berlin habe ich an einem Abend vielleicht ein bisschen zu viel getrunken. Morgens hatte ich ihn plötzlich in der Hosentasche. Da war so ein Typ, der mich schon vorher immer angeschaut hat. Ach, egal.« In dem Moment, da sie es ausgesprochen hatte, war ihr die Sache auch schon furchtbar unangenehm.

Caro und Ronny schauten sich an. »Vielleicht wollte er, dass du dich mal meldest …?«, meinte er schließlich lächelnd.

»Lassen wir das einfach. Ich frage mich auch noch, wie ich hier überhaupt wegkommen soll, um die Welt zu retten. Auris hat mir gesagt, dass man New Berlin nicht mit offenen Kompensationen verlassen darf. Wird das durch das, was wir tun werden, außer Kraft gesetzt?«

»Nein. Aber es gibt die Möglichkeit, das System zu hacken und deine Geschichte umzuschreiben. Wenn uns das gelingt, wirst du am Checkpoint keine Probleme haben.«

»Wenn euch das gelingt …«, wiederholte Yula. Sie blickte das Mädchen mit den blonden Zöpfen an. »Was sagst du, Anna? Bist du bereit dazu? Zwei Mädchen gegen die dunkle Seite des Mondes?« Die Antwort war ein heftiges Nicken.

VIII. Drinnen

Ronny lächelte die beiden an. »Euch schickt wirklich der Himmel. Und ihr braucht euch keine Sorgen machen. Es ist eigentlich ganz einfach. Ihr müsst nur die Vorrichtung installieren. Danach können wir alles übernehmen. Ich erkläre euch jetzt besser mal den ganzen Plan.«

Zwei Stunden später hatte Yula einen Dröhnschädel und wusste nicht, ob sie alles verstanden hatte. Anna war bereits nach wenigen Minuten des Monologs ausgestiegen.

Beide waren heilfroh, als es endlich losging. Caro legte ihnen Schutzanzüge und Helme an, damit sie außerhalb der Kuppel atmen konnten. Dann brachte sie die beiden in einer Art Transporter, der wie die Shuttles eher die Form eines gigantischen Eis hatte, zu einer Fahrzeuggarage am Rande New Berlins. Ronny hatte erklärt, dass es nur Regierungsbeamten gestattet war, die Jumper außerhalb der Kuppel zu verwenden. Nur durch die Codes von Annas Eltern hatten sie die Möglichkeit erhalten, unbemerkt ein paar der Gefährte zu entwenden.

Yula und Anna kletterten ungeschickt in den Jumper, erhielten eine kurze Einführung und starteten das Gefährt. Mit einem Rattern setzte es sich in Bewegung und rollte auf die Schleuse zu, die das Habitat New Berlins vom offenen Weltraum und der echten Mondoberfläche trennte.

Als sich die Tore vor ihnen öffneten, lagen dahinter nur das Schwarz des Himmels und graugelber Sand. Yula erinnerte sich an Bilder von der ersten Mondlandung der Menschen, die ihr Vater in einer kleinen Kiste aufgehoben hatte. Und auch wenn sie sich nun schon eine Weile in New Berlin herumtrieb, wurde ihr erst jetzt so richtig klar, dass sie wirklich und wahrhaftig auf dem Mond war!

IX. DRAUSSEN

Es war ein berauschendes Gefühl. So starr und unbeweglich man sich als Mensch im Raumanzug ohne weitere Hilfsmittel außerhalb der Kuppel auch vorkam, so beschwingt fühlte sich die Fahrt mit dem Jumper an. Das kleine, wendige Gefährt war perfekt an Untergrund und Anziehungskraft angepasst und bewegte sich genauso elegant wie rasant über den feinen Sand.

Anna behielt den tragbaren Bildschirm im Auge, auf dem die Route einprogrammiert war, Yula saß am Steuer und versuchte den Plan zu rekapitulieren. Sie mussten den Rand zur dunklen Seite des Mondes an exakt der richtigen Stelle erreichen. Ronny und seine Leute würden in einiger Entfernung zu beiden Seiten die Aufmerksamkeit der Schatten auf sich ziehen und versuchen, dabei nicht draufzugehen. Dann sollten Anna und Yula hinter einigen Hügeln in Deckung bleiben und schließlich den kürzesten, direkten Weg bis zum Elektrozaun nehmen. Mit einem Gerät, das den Strom umleiten sollte, würden sie sich einen Bereich im Zaun freimachen können und diesen dann mit einer Art Zange durchtrennen. Zehn Meter weiter wäre dann eine kleine Wartungsschleuse, für die sie genau einmal die Karte des verstorbenen Wachmannes Ray (eines echten Australiers!) verwenden konnten. Wie Ronny an diese gelangt war, hatte er nicht erzählen wollen. Danach würde das System die Karte vermutlich herausfiltern und sperren. Eventuell könnte es sogar mit einer kleinen Verzögerung einen Alarm geben. Hinter der Schleuse sollten sie dann ohne die Helme eine Art Notausgang erreichen, von dem aus sie nach wenigen Schritten in die Lüftungsschlitze gelangen würden. Von diesem Punkt aus war es dann nicht mehr weit, um in die Nähe des Reaktors zu gelangen und die Bombe zu legen. Diese Bombe war in Wirklichkeit natürlich keine echte Bombe mit Sprengstoff, sondern würde nur die

Sicherheitscodes außer Gefecht setzen und für einige Zeit unbrauchbar machen. Wie lange, wusste zwar niemand, aber danach würde in New Berlin Anarchie ausbrechen, und die Widerstandszelle von Caro und Ronny könnte übernehmen. So weit, so gut. Der Rückweg lag dann übrigens ganz in Yulas und Annas Händen. Entweder würden sie einen Ausweg finden, oder sie müssten warten, bis man sie retten konnte. Das war zwar keine besonders angenehme Vorstellung, aber vielleicht ergab sich ja etwas.

Die Realität vor Ort hatte dann wie so oft viel komplizierter ausgesehen. Yula war überzeugt, in einiger Entfernung dunkle Kreaturen erspäht zu haben. Diese waren allerdings nicht nähergekommen. Dann wären sie außerhalb des Zaunes zweimal fast von umherlaufenden Regierungswachen entdeckt worden, von denen vorher niemand etwas gesagt hatte. Den Strom hatte das Gerät am Zaun zwar unterbrochen, einen leichten Stromschlag hatte Yula aber dennoch abbekommen, und die ID-Karte von Ray funktionierte erst beim dritten Versuch. Nun waren die beiden aber trotz aller Schwierigkeiten völlig außer Atem im Lüftungsschacht angekommen.

Das Gebäude an sich war ein unscheinbarer Bau aus glänzenden Materialien. Es gab verschiedene Antennen und Aufbauten, einen großen Hangar für die Jumper und Wachtürme. Eine Festung irgendwo im Nirgendwo. Langsam krochen Yula und Anna voran Richtung Reaktorraum. Der Schacht war aus Metall, etwa einen Meter breit und hoch, und er wurde nur gelegentlich von Gittern unterbrochen, durch die man in Bereiche des Stützpunktes blicken konnte. Hier war Vorsicht geboten! Nicht, dass sie jemand hörte.

Als sie die halbe Strecke hinter sich gelassen hatten, gab Yula Anna ein Zeichen, dass sie anhalten solle. Diese verstand das Signal jedoch nicht und stieß mit Yula zusammen. Beide unterdrückten einen Schrei.

»Warum halten wir?«, flüsterte Anna.

»Psst. Da unten. Schau mal.«

Vier neugierige Augen richteten sich auf den großen Raum unterhalb des Gitters. Dort gab es eine riesige Leinwand, Lampen, Kameras und das Pult der Union zu erspähen, welches Yula oft bei den Ansprachen des Kanzlers und auf Bildern gesehen hatte. Etwas an der Seite standen die Flagge der Union und die von Deutschland.

»Sind wir soweit?«, hörten sie eine tiefe Stimme fragen.

»Fehlt nur noch der Star«, erwiderte eine andere, höhere Stimme.

Der erste Mann ging an ein Schaltpult. Nach dem Drücken einiger Knöpfe flammte die Leinwand auf und bot den Blick auf Ost-Berlin. Alles war friedlich und idyllisch.

»So viel heile Welt?«, fragte die höhere Stimme.

»Heute nochmal die ganze Kelle«, antwortete die andere.

»Findest du das nicht ziemlich mies?«

»Was denn?«

»Wie wir die Leute verarschen.«

Stille. Die tiefe Stimme seufzte. »Fängt das jetzt schon wieder an, Arno?«

»Ich meine ja nur. Langsam geht das doch echt zu weit. Am Anfang dachte ich ja echt, wir beschützen die Leute. Aber jetzt? Was passiert eigentlich, wenn das Kolonisationsschiff ankommt?«

»Dann haben sie, was sie wollen, und wir haben unsere Ruhe. Und leben noch!«

»Du glaubst wirklich, dass sie dann aufhören? Was ist mit Ellie und Mick?«

In die erneute Stille platzte eine dritte Stimme. »Seid ihr immer noch nicht fertig, Misha? Die Sendung beginnt gleich!«

»Es fehlt nur noch seine Majestät«, sagte Arno schnell.

Der Mann mit der tieferen Stimme betätigte wieder einige Knöpfe. Dann erschien vor der Kulisse Berlins, neben dem Pult und den beiden Flaggen, die feierlich von einer Windmaschine in Bewegung gesetzt wurden, ein fettleibiger

Mann mit blitzenden Zähnen und Föhnwelle. Er tauchte einfach aus dem Nichts auf und stand nun regungslos da.

»Ist er bereit?«, fragte der Dritte.

»Ja, die Codes wurden geliefert. Ich habe es mir im System angesehen. Das typische Gelaber. Aber natürlich eloquent wie immer«, kam die Antwort vom Pult.

»Ich weiß nicht«, sagte Arno. »Ich vermisse ihn. Er war zwar die meiste Zeit eine Pfeife, aber am Ende habe ich ihn doch bewundert.«

»Halt's Maul jetzt«, herrschte Misha ihn an. »Wir gehen live in fünf, vier–« Die letzten drei Zahlen zeigte er mit den Fingern an.

Ohne Vorwarnung erwachte der Kanzler zum Leben. Er wirkte vollkommen natürlich, begann eine Rede über die Reparaturarbeiten und bat um Geduld. Yula und Anna sahen sich mit großen Augen an. Sie hatten zwar keine Ahnung, was hier gerade passierte, waren aber mehr denn je davon überzeugt, den Plan weiter ausführen zu müssen.

Sie krochen noch wenige Minuten weiter, bis sie den markierten Punkt erreicht hatten. Yula befestigte die kleine Kiste an einer Wand, entsicherte sie mit einem Code und drückte den kleinen grauen Knopf in der rechten unteren Ecke. Ab jetzt lief der Countdown. In neun Stunden würde es beginnen. Das Bombenlegerduo kroch den Gang zurück, blickte noch einmal in das nun dunkle Fernsehstudio und erreichte schließlich wieder den Bereich nahe des Notausgangs. Als Yula gerade Anna aus dem Schacht half, hörten beide eine vertraute Stimme.

»Was macht ihr da?« Das war Arno, der Mann aus dem Fernsehstudio.

Einem Gefühl folgend entschied Yula, dass es zwecklos war, ihm etwas vorzuspielen.

»Wir werden dafür sorgen, dass die Menschen in New Berlin die Wahrheit über die Schatten und den Kanzler erfahren«, sagte sie fest.

Arno schwieg.

»Wir haben eine Vorrichtung installiert, die die Bezirksgrenzen aufheben wird und einer Widerstandsgruppe erlaubt, etwas gegen die Regierung und die Schatten zu unternehmen.«

Der Mann packte die Mädchen ohne Vorwarnung an ihren Overalls und zog sie in einen dunklen Raum. Anna begann zu weinen. Yula bereitete sich darauf vor, um ihr Leben zu rennen. Plötzlich flammte das Licht auf. Arno stand nachdenklich an der Tür und kam auf die beiden zu.

»Ihr wisst schon, dass ihr bei jedem anderen hier auf dem Stützpunkt aufgeschmissen gewesen wärt, oder? Manchmal glaube ich, dass niemand hier versteht, was vor sich geht, oder dass außer mir keiner eine Familie hat.«

Yula und Anna schwiegen. Arno kratzte sich am Kopf. »Wieso schickt der Widerstand zwei Mädchen auf solch eine Mission?«

»Wir gehören zu den wenigen, die noch nie KACK ausgesetzt waren. Die Schatten können uns nicht wittern.«

»Das ist trotzdem eine verdammt riskante Nummer. Warum tut ihr das?«

»Ich will meine Schwester aus dieser Hölle befreien. Anna hat ihre Familie verloren. Wir wollen nach Kapteyn.«

»Kapteyn?« Arno wurde hellhörig. »Auf Kapteyn sind meine Frau und mein Sohn.«

Ellie und Mick, dachte Yula. *Was für ein Glück, dass ausgerechnet der uns geschnappt hat.* Sie wollte jedoch nicht zugeben, dass sie Arno und seine Kollegen belauscht hatte. »Was hat es mit Kanzler-Hologramm auf sich?«, fragte sie.

»Das wisst ihr? Ist 'ne lange Geschichte«, seufzte Arno. »Der echte Kanzler hat sich gegen die Schatten gewandt. Das ist ihm nicht gut bekommen. Sie haben ihn aufgeschlitzt und dann diese Farce von Hologramm programmiert. Da macht er einmal in seiner ewigen Amtszeit was Sinnvolles und wird gleich aus dem Weg geräumt. Armer Kerl.«

»Und was ist mit Auris? Ich habe gehört, das wäre seine Idee gewesen?«

»Nein, nein. Das ist ein System von den Schatten. Es ging von Anfang an immer nur um Kontrolle. Auris ist eine Katastrophe. Wir werden Stück für Stück unterdrückt und entmündigt. Das darf nicht mehr so weitergehen.«

»Wieviele Schatten sind schon auf der Erde?«, wollte Yula wissen.

»Ein paar Hundert. Und knapp tausend hier auf dem Mond.«

Anna riss die Augen auf. »Tausend? Wo sind die alle?«

»In einem Krater hier in der Nähe, auf der dunklen Seite des Mondes. Sie ertragen kein Licht. Das größere Problem ist aber, dass bald ihr Kolonisationsschiff ankommt. Dann werden sie alle, die auf der Erde noch am Leben sind, verwerten, alle auf dem Mond ausradieren und dann nach Kapteyn und Gliese weiterfliegen. Die Menschen sind perfekt für sie geeignet. Keine andere Spezies im Universum bot bisher so ideale Nahrung.«

»Und was ist mit denen, die ihnen helfen?«

»Die sollen am Leben bleiben dürfen, doch das glaube ich nicht. Der Deal war von Anfang an ein Fehler. Aber der Kanzler hatte keine Alternative. Seit er tot ist, gibt es in der Regierung nur noch Marionetten, die die Risse kitten, bis alles vorbei ist.« Er hielt inne und schaute die beiden ernst an. »Naja, vielleicht ist es ja doch noch nicht zu spät, nicht wahr?«

»Deswegen sind wir hier«, meldete sich Anna trotzig zu Wort.

Arno schmunzelte. »Ihr seid mit Abstand die ungewöhnlichsten Terroristen, die ich je gesehen habe.«

Er trat unruhig von einem Bein aufs andere. »Und ich werde jetzt wohl zum Terrorhelfer.«

»Ich würde eher Retter sagen.« Yula lächelte ihn an.

»Ich habe aber eine Bedingung. Wenn ihr auf Kapteyn seid, sucht ihr nach Ellie und Mick Narys. Sagt ihnen, dass ich versuche, zu ihnen zu gelangen. Und erklärt ihnen bitte, was ich getan habe. Sie sollen wissen, dass ich nicht mehr mit den Schatten kooperiere.«

»Versprochen«, erwiderte Yula. »Aber wie kommen wir hier raus? Wir hatten eine ID-Karte, die funktioniert jetzt allerdings nicht mehr.«

»Ihr nehmt meine. Damit kommt ihr durch die Schleuse. Und dann ab mit euch nach Kapteyn.«

»Aber dann kommst du hier ja nicht mehr raus!«, sagte Anna.

»Wenn ihr recht habt, werde ich das doch. In etwa neun Stunden. Los jetzt.«

Sie verließen das Gebäude, passierten die Schleuse mit Arnos ID-Karte, rannten zum Versteck des Jumpers und rauschten davon. Nur schnell weg hier!

X. KRATER

Anna schwieg. Es schien, als hätten die Ereignisse der letzten Stunden sie noch mehr traumatisiert. Es war eine blöde Idee gewesen, sie mitzunehmen, doch Yula war auch froh, sie dabeizuhaben. Der Jumper holperte über die Mondoberfläche. Immer wieder blickte Yula in die Rückspiegel. Sie hatte das Gerät mit ihrer Route im Lüftungsschacht liegen gelassen und fuhr nun einfach drauf los. Ihr Gefühl sagte ihr, dass sie bestimmt den falschen Weg eingeschlagen hatten. Aber die grobe Richtung würde schon stimmen. Immerhin war sie sicher, dass niemand ihnen folgte.

Auf der rechten Seite erkannte sie einen Krater, der sich schier endlos wie ein Schlund im Boden öffnete. Der Jumper reagierte nur schwerfällig auf die Korrekturen weg vom Kraterrand. Bloß nicht zu nah heranfahren. Das fehlte gerade noch.

Als Yula gerade ein weiteres Mal ausgiebig in die Spiegel geschaut hatte, fiel ihr aus den Augenwinkeln der ausgestreckte Arm von Anna auf. Was tat sie da? Worauf zeigte sie? Yula blickte an ihrem Arm entlang, folgte dem nach vorne gerichteten Zeigefinger und zog vor Schreck das Lenkrad ruckartig zur Seite. Dabei krachte das Gefährt gegen einen kleinen Felsen und schlingerte wieder weiter Richtung Krater. Yula stieg auf die Bremse. Dann war die Irrfahrt vorbei. Annas Arm war nun nicht mehr ausgestreckt, aber das, worauf sie gezeigt hatte, war erheblich näher gekommen. Schatten! Eine ganze Horde Schatten kam über den feinen Mondsand gerobbt. Im fahlen Licht sahen ihre Fratzen noch furchteinflößender aus, als Yula es in Erinnerung hatte. War das das Ende?

Sie löste die Sicherheitsgurte, zog Anna aus dem Wrack und taxierte ihre Möglichkeiten. Die Schatten kamen aus Richtung des Kraters. In weniger als fünf Minuten würden sie hier sein. Nach vorne gab es nur freie Fläche. Zurück konnten sie auch nicht. In der vom Krater wegführenden Richtung erkannte sie einige Felsformationen. Das war die beste Chance. So schnell es eben ging, bewegten die beiden sich voran. Alle paar Sekunden blickte Yula zurück. Sie hatten keine Chance. Die Schatten waren um ein Vielfaches schneller. Trotzdem weiter. Immer weiter. Der nächste Blick verriet ihr, dass eine der Kreaturen sich von der Gruppe gelöst hatte. Oder war er von woanders dazugestoßen? Egal. Er war fast bei ihnen.

Yula versuchte, in Gedanken die Distanz zu berechnen, atmete mehrmals schwer ein und aus, dann stieß sie Anna hinter einen Felsen, griff selbst nach einem großen Steinbrocken und drehte sich um. Sie spürte einen dumpfen Aufprall. Dann flog sie in Zeitlupe rückwärts und krachte auf den Boden. Das nächste, was sie sah, war, wie die Bestie etwa zwei Meter neben ihr über Anna hockte. Diese zappelte wild hin und her; ihre Versuche, das Vieh abzuschütteln, waren aber vergeblich. Immer wieder schlug der Schatten auf den Helm ein. Dabei stießen Stück für Stück scharfe Reißzähne aus dem ansonsten glatten Gesicht hervor. Yula hatte sich schon bei ihrer ersten Begegnung im Keller ihres Hauses über die Schlitze gewundert. Nun wünschte sie sich, dieses anatomische Geheimnis nie gelüftet zu haben.

Feine Risse bildeten sich auf dem Glas von Annas Helm; schon bald würde der Schutz gegen das Vakuum des Weltalls zerbröseln und Anna die messerscharfen Waffen der Kreatur zu spüren bekommen. Ein Seitenblick verriet Yula, dass auch der Rest der Gruppe bald bei ihnen war. Sie dachte nicht mehr nach, kam auf die Füße, nahm den nächstbesten Felsbrocken und warf sich schwerfällig auf das abgelenkte Wesen. Mit aller Kraft und wie in Zeitlupe schlug sie immer wieder auf den nackten, unbehaarten Körper ein. Eine geleeartige Flüssigkeit trat an einigen Stellen aus, und sie bildete sich ein, Schreie zu hören. Sie ließ nicht einmal von dem Schatten ab, als dieser sich schon längst nicht mehr regte. Erst als sie selbst von hinten gepackt und weggezerrt wurde, hörte sie damit auf. Fast hätte sie dem anderen Angreifer den Felsbrocken entgegengeschleudert. Im letzten Moment erkannte sie jedoch, dass es sich um einen Menschen in einem Raumanzug handelte. Hinter ihm stand ein weiterer Jumper. Unter dem Helm war ein Bart zu erkennen. Der Mann zog Yula in sein Gefährt, sammelte Anna ein und gab Gas. Yula sah nur noch, wie die Horde Schatten bei dem Toten ankam und innehielt. Dann wurde sie bewusstlos.

XI. HÜTTE

»Ich glaube, da wird jemand wach.«

Yula räkelte sich. »Was für ein Horrortrip.«

»Sachte, sachte. Du hast fast drei Stunden geschlafen.«

»Drei Stunden?« Sie schrak hoch und blickte zunächst in Annas Gesicht, dann in das des bärtigen Fremden.

»Drei Stunden und fünf Minuten, um genau zu sein. Scheint so, als hättest du die auch nötig gehabt.«

Yula blitzte Anna an. »Du weißt doch, dass wir keine Zeit haben. Wir müssen los!« Sie wollte sich aufsetzen, fiel aber direkt wieder in die Horizontale.

»Sachte, okay? Du hast mächtig was abbekommen. Bei deiner kleinen Freundin hier war der Helm zwar ganz schön angeknackst, aber sie hat sich nichts getan. Ich bin übrigens Knut.«

»Wo sind wir?«

»Im wohl schönsten Wohnhaus des Ödlands. Naja, im einzigen Wohnhaus des Ödlands.«

Yula blickte sich um. Knuts Haus sah von innen aus wie eine Holzhütte. Der Raum, in dem sie auf einem Sofa lag, schien so etwas wie das Wohnzimmer zu sein. Es gab Schränke mit unzähligen Büchern, einen alten Schallplattenspieler, wie sie ihn bei Gin im Keller gesehen hatte, leere, halbvolle und volle Flaschen ohne Etikett und offenbar weitere Räume. Wie aus der Zeit gefallen stand an der gegenüberliegenden Wand einer der modernen Sichtschirme, die sie auch in New Berlin überall gesehen hatte. Sie versuchte ein zweites Mal, sich aufzusetzen. Diesmal gelang es ihr.

»Hier, trink etwas. Das wird dir guttun.« Knut reichte ihr einen Becher mit einer dampfenden Flüssigkeit.

Yula rümpfte die Nase.

»Tee. Keine Sorge. Vertrau mir. Anna lebt auch noch.« Er kicherte und verließ den Raum durch einen schmalen Gang.

»Wie lange haben wir jetzt noch?«, wollte Yula wissen.

»Nicht ganz fünf Stunden?«

»Ja.« Anna nickte. »Knut hat mir eine Uhr gegeben. Darauf können wir sehen, wann der Shutdown ausgelöst wird.«

Yula riss die Augen auf. »Du hast es ihm erzählt?«

»Er ist so nett«, protestierte Anna. »Und er hat uns gerettet. Und Tee gegeben!«

Verdrehte Augen waren die Antwort. »Da ist man mal einen kurzen Moment nicht ganz auf der Höhe …«

»Drei Stunden!«, erinnerte Anna. »Und fünf Minuten!«

Yula seufzte. »Ist ja schon gut. Aber wir müssen jetzt wirklich los. Die Zeit wird knapp.«

In diesem Moment kehrte Knut zurück und schaltete den Sichtschirm ein. Außer einer Sendung über die Neugestaltung der Gärten und Badeseen am Lake Armstrong war jedoch nichts Spannendes zu finden.

»Scheint so, als liefe noch alles normal. Ihr zwei seid wirklich ziemlich verrückt, das muss ich schon sagen. Und wenn ich dem ganzen Zirkus unter der Kuppel nicht aus gutem Grund entflohen wäre, könnte ich bestimmt sauer auf euch sein, dass ihr das Leben in New Berlin so aus dem Gleichgewicht bringen werdet.«

»Wer sind Sie?«, wollte Yula wissen.

»Knut«, war die schlichte Antwort.

Was folgte, war eine Stille, die Knut mit einem Lachen unterbrach. »Ich war einer der Konstrukteure von New Berlin. Allerdings haben sich irgendwann Dinge ergeben, die mich davon überzeugt haben, lieber ein anderes Leben zu leben. Hier.«

»Und was ist *hier*?«

»Eine Hütte auf dem Mond.«

Nun musste auch Yula grinsen. Anna lachte.

»Genaugenommen ist es ein künstliches Gravitationsfeld mit eigenem Atmosphärengenerator und Lufttauscher, die allesamt aus den Energiereserven New Berlins gespeist werden. Ich habe sogar eine Wasser- und Stromleitung von der Kuppel hierherverlegt. Von außen kann man aufgrund von Störbildern nur Felsen erkennen. Wenn man nicht weiß, wo man suchen muss, kann man mich hier nicht finden.«

»Sie leben hier allein?«

»Ja. Es sei denn, ich muss Terroristen vor Monstern retten.« Knuts Humor gefiel Yula.

»Und in New Berlin vermisst man Sie nicht?«

»Es gab damals einen Bericht über mein mysteriöses Verschwinden. Sonst nichts. Inzwischen kann ich sogar wieder unter der Kuppel rumlaufen, wenn ich will. Der Bart machts.« Er grinste breit unter seinem Wildwuchs.

»Sag mal, Mädchen, heißt dein Vater Kris?«

Yula wurde es heiß und kalt. »Ja, kennen Sie ihn? Wo ist er?«

»Ich kannte ihn. Er hat eine Weile in New Berlin gearbeitet, ist aber auch schon seit einiger Zeit verschwunden. Ein netter Kerl.«

»Wissen Sie, wohin er wollte?«

»Wenn ich raten müsste, würde ich sagen, nach Kapteyn. Davon hatte er auf jeden Fall gesprochen. Und hör endlich auf, mich zu siezen. Ich bin Knut. Einfach Knut.«

Yula versank in Gedanken. Das Verschwinden ihres Vaters war für sie immer so mysteriös geblieben. Und nun traf sie andauernd auf Menschen, die mit ihm gearbeitet hatten und ihn wie einen ganz normalen Menschen beschrieben. Achim, Yugo, Caro, Ronny und jetzt Knut. Sie jagte einem Gespenst hinterher, das eigentlich keines war. Der bärtige Mann riss sie aus ihren Gedanken. »Anna sagte mir, dass wir deine Schwester befreien müssen?«

»Wir?«

»Klar! Ich habe heute nichts mehr vor.« Wieder dieses breite Grinsen. »Aber ein paar mehr Informationen brauche ich schon.«

Yula berichtete nun noch einmal ausführlich von allem, was in Berlin und New Berlin geschehen war. Knut wurde mit jeder Minute nachdenklicher. Als sie geendet hatte, sagte er: »Ich hatte auch einen Bruder. Er ist gestorben, als ich noch klein war. Wenn es irgendeine Chance gibt, euch beide wieder zu vereinen, bin ich dabei. Allerdings warne ich dich: Wenn sie seit Jahren KACK und anderen Drogen des D-Bezirks ausgesetzt war, wird es ein verdammt langer und harter Weg, sie von dem Zeug wegzubekommen. Du wirst viele Ersatzmittel brauchen. Ich packe dir was ein.«

»Wenn es stimmt, was Achim und Yugo sagen, trage ich den Schlüssel dazu ja vielleicht auch in mir.« Zum ersten Mal hatte sie das Gefühl, dass ihre Rolle in dieser ganzen Sache nicht so unbestimmt und albern war, wie sie bisher gedacht hatte.

»Dann sollten wir uns beeilen«, entgegnete Knut.

»Eine Sache noch. Wo ist meine Tasche?«

»Die Tasche, die du in eurem Jumperwrack vergessen hast?« Er grinste. »Als Anna mich danach fragte, bin ich nochmal zurück. Das war ein ganz schönes Schlachtfeld. Die Schatten hatten den ihren aufgefressen. Kein erfreulicher Anblick.« Er griff hinter das Sofa und stellte die Tasche vor Yula auf den Boden.

Diese kramte darin herum und suchte den Code von der UES Berlin. Sie hielt Knut den zerknüllten gelben Zettel vor die Nase.

Dieser legte den Kopf leicht schief. »Store U«, war die kurze und bündige Antwort. Yula starrte ihn hoffnungsvoll an.

»Das ist so ein Laden, wo du Sachen hinliefern und aufbewahren lassen kannst. Wurde damals als Knotenpunkt zwischen Erde und Mond eingeführt. Wie ein Postfach. Ich habe mir darüber in der Bauphase oft ein paar Sachen liefern lassen, die man hier sonst nur schwer bekommen konnte. Woher hast du die Nummer?«

»Von einem Kerl auf der UES Berlin.«

»Soll ich dich lieber dahin begleiten?«

Sie überlegte. »Nein. Wird schon schiefgehen.«

Knut stand auf. »Dann mache ich mich mal schick.«

»Was hast du vor?«

Er hielt ihr ein Pad mit einer Werbeanzeige vor die Nase. Darauf waren der Regent´s Club zu erkennen und ein Hotel namens Blue Inn. Neben tanzenden Frauen stand der Text: *Hier werden alle deine Träume wahr.* »Ein trauriges Überbleibsel früherer Zeiten und Beweis dafür, dass die Menschheit einfach nicht lernfähig ist.«

Yula schaute ihn fragend an.

»Guck nicht so. Wir müssen los. Endlich werden alle meine Träume wahr!«

XII. BRÜCKEN

Die Uhr, die Knut ihr gegeben hatte, zeigte noch vier Stunden bis zur Aktivierung des Shutdowns an. Yula brauchte eine halbe Ewigkeit, um hinter der Schleuse zur Kuppel ein Shuttle zu finden. Sie hasste Zeitdruck! Während der Fahrt waren ihre Gedanken auf Wanderschaft gegangen und spielten ihr die Ereignisse des Tages in chaotischer Reihenfolge wieder und wieder vor. Obwohl sie eigentlich nur ihre Familie hatte finden wollen, war sie in weniger als vier Stunden für den Zusammenbruch der Ordnung in New Berlin mitverantwortlich. Ihre Heimat auf der Erde hatte sie schon in Trümmern zurückgelassen. Was würde nun aus diesem Ort werden?

Das Shuttle kam vor einem grauen Gebäude im Bezirk B zum Stehen, an dessen Fassade ein Schild mit der Aufschrift ›Store U‹ hing. Yula zahlte, war insgeheim froh, dass sie all ihre Schulden nie würde kompensieren müssen, und betrat das Haus.

An einem Tresen stand ein junger Mann, der gelangweilt auf seinen Sichtschirm starrte. Yula kramte den Code hervor und reichte ihn dem Mann. Dieser wischte wortlos auf seinem Eingabefeld herum und wartete auf die gewünschten Informationen. Dann ging er voraus durch einen langen Korridor. Sie betraten gemeinsam den Raum mit der Aufschrift C-82-86. Der Mann öffnete ein Wandschließfach, legte den Inhalt, eine blecherne Kassette, auf einen Tisch in der Mitte und verließ den Raum.

Yula blieb mit ihrer Beute allein zurück. Es handelte sich um eine in schwarzen Samt gehüllte, gläserne Vorrichtung, die acht Ecken aufwies und in der Mitte hohl war. Sie betrachtete das kleine Gebilde von allen Seiten, bis ihre Finger unwillkürlich ein unsichtbares Schaltfeld auf der Vorderseite berührten und ein Licht im Innern aufflammte. Sie stellte das zum Leben erwachte Stück Technik zurück auf den Tisch. Es war ein Mini-Hologramm-Gerät. Sie wusste natürlich sofort, wen sie da vor sich sah.

»Hallo Süße. Wenn du das hier siehst, bist du wirklich auf dem Mond angekommen. Ist das zu fassen? Erinnerst du dich noch an unsere erste Begegnung? Damals gab es für uns nur das Leben hier mit all seinen täglichen Dramen und Gefahren. Jeden Tag ging es ums Überleben! Du warst so süß und hilflos und liebenswert auf dieser Brücke im Schneeregen. Wer hätte gedacht, dass du einmal ins All reisen würdest, um die Welt zu retten; oder das, was davon jetzt noch übrig ist.«

Yula schluckte.

»Du weißt, dass ich alles für dich getan hätte. Aber eines konnte ich nicht: Ich konnte die Erde nicht verlassen. Meine Angst war einfach zu groß. Allein der Gedanke, so ein Ungetüm zu besteigen und den Kontakt zum Boden zu verlieren, hat mich verrückt gemacht. Lieber wäre ich gestorben. Nun ja. Dann kam Achim zu mir und erklärte die ganze Sache. Erst dachte ich, er wäre vollkommen verrückt. Aber das ist er leider nicht, was? Er meinte, du würdest mich bestimmt mitnehmen wollen. Ich sagte ihm, dass ich das nicht könne. Wir haben dann sehr lange zusammengesessen und geredet. Ich glaube, dass ich jetzt ziemlich gut im Bilde über alles bin und beneide dich nicht um deinen Weg. Ich weiß, ich müsste über meinen Schatten springen und jetzt an deiner Seite sein. Aber es geht nicht. Wir haben nie wirklich über meine Ängste gesprochen. Aber mir fällt vieles sehr schwer, Yula. Mit all den schönen Dingen, die man in dieser Welt zu sich nehmen kann, war es für mich halbwegs erträglich. An dem Tag, als wir uns das erste Mal trafen, hatte ich schon mit allem abgeschlossen. Du hast mich damals gerettet, auch wenn du das vielleicht nie erkannt hast. Ich habe nur wegen dir überhaupt weitergemacht. Aber ein Begleiter auf Drogen wäre wohl auch nicht das, was du jetzt brauchst. Am Ende war Achim und mir klar, wie es laufen musste. Wir würden alle Brücken hinter dir abbrechen, Yula. Entschuldige, falls ich mich getäuscht habe, aber ich befürchte einfach, du hättest mich nicht zurückgelassen. Achim sitzt gerade vor mir. Er wird mir gleich einen Schuss setzen, den die Welt noch nicht gesehen hat. Wenn alles klappt, endet damit zumindest meine Drogenkarriere spektakulär.« Er lächelte schief. »Du wolltest immer, dass ich von dem Dreckszeug wegkomme, oder? Und ich war einfach zu schwach. Es tut mir leid, dass es so enden muss. Ich hoffe, es wird nicht zu schlimm, wenn du mich findest. Achim wird die Tür offen lassen. Ich frage mich, ob dich das wundern wird. Sowas habe ich schließlich nie gemacht. Yula, kein Mensch hat mir je mehr bedeutet als du. Weißt du das? Ich hoffe, dass du deine Familie finden wirst. Ich wollte immer nur das Beste für dich. Mach es gut, Süße.«

Damit erlosch das Hologramm.

Unter Yula schien sich der Boden aufzutun. Sie wusste gar nicht genau, wen sie mehr hassen sollte, Gin oder Achim. Eigentlich hasste sie beide. Und sich selbst. Warum zur Hölle hatten sie ihr diese Entscheidung abnehmen müssen? War sie nur ein Spielball, mit dem man machen konnte, was man wollte? Wieso hatte Gin keine Chance bekommen dürfen? Sie dachte an den Moment in seinem Haus, als sie ihn auf seinem Lieblingssessel gefunden hatte. Wie enttäuscht und verärgert sie auf ihn gewesen war, dass er so mit seinem Leben gespielt hatte. Und jetzt sollte alles nur wegen ihr gewesen sein? Warum bürdeten sie ihr diese Schuld auf? Wäre sie wirklich so egoistisch gewesen, das Wohl aller gegen ihr eigenes einzutauschen? Sie wusste es nicht. Wahrscheinlich wäre sie aber tatsächlich lieber bei Gin geblieben und in West-Berlin gestorben. Sie hätte ihren Freund vermutlich wirklich nicht zurückgelassen. Wenn sie ehrlich zu sich selbst war, hatte sie vermutlich keinen Menschen jemals so sehr geliebt wie Gin. Ob ihm das bewusst gewesen war?

Yula packte das kleine Hologramm-Gerät in ihre Tasche, ging den Weg durch die anonymen Gänge wortlos zurück, würdigte den Mann am Empfang keines Blickes, verließ das Gebäude und sah auf ihre Uhr. Noch etwas mehr als drei Stunden. Sie musste sich wirklich beeilen. Der Weg in den abgelegenen Bezirk D würde wieder einiges an Zeit in Anspruch nehmen. Und sie mussten schließlich alle auch noch zurück zum Raumhafen!

Vor der Kneipe warteten bereits Knut und Anna auf sie. Der eben noch so ungepflegte Einsiedler hatte sich in seinen feinsten Zwirn gewandet, den wirren Bart gestutzt und sah fast schon zivilisiert aus. Sein verschmitztes Lächeln versetzte ihr jedoch einen Stich, da sie wieder an Gin denken musste. Das war jetzt nicht der richtige Zeitpunkt. Sie musste retten, was noch zu retten war. Jetzt zählte nur Tara.

Wie besprochen betrat Knut das Lokal. Yula nahm Anna an die Hand, wechselte die Straßenseite und checkte in Zimmer 295 des Blue Inn ein. Im Vergleich zu ihrer Herberge im Bezirk B war das hier eine regelrechte Absteige. Das Zimmer war kalt und trist, und viele der Möbel fielen fast auseinander. Anna war erschöpft auf einem Sessel eingeschlafen, was Yula nur recht war. Sie hatte gerade ohnehin keinen Kopf für die Fragen und Sorgen der Kleinen.

Sie blickte sich im Zimmer um. Immerhin gab es eine Minibar. Typisch. Keine sonstigen Annehmlichkeiten, aber Alkohol. Yula schaute sich die verschiedenen Flaschen an. Als sie den Gin entdeckte, dachte sie nicht lange nach, sondern stopfte den billigen Fusel in ihre Tasche.

Sie setzte sich auf das Bett. Nun hieß es warten. Warten und hoffen, dass Knut Erfolg haben würde. Doch was war mit Tara? Wie würde sie reagieren? Irgendwie musste Yula zu ihr durchdringen.

Eine halbe Stunde verging. Anna schlief noch immer. Die Uhr zeigte inzwischen nur noch 95 Minuten Restzeit bis zum Shutdown an. Wo blieb Knut bloß?

Gerade hatte Yula den Gedanken gefasst, alle Vorsicht über Bord zu werfen, das Hotelzimmer zu verlassen und nachzusehen, was los war, als die Tür aufschwang.

Tara war in keinem guten Zustand. Ihre Augen wirkten glasig, und sie schwankte bei jedem Schritt. Knut tauchte hinter ihr auf und verzog das Gesicht. Das Ganze würde offenbar nicht auf eine tiefsinnige Unterhaltung hinauslaufen.

»Was willst du denn hier?«, herrschte Tara ihre Schwester an und ließ sich mehr gezwungenermaßen als gewollt neben sie auf das Bett plumpsen. Yula rückte näher an sie heran, nahm ihre Hand und schaute sie fest an.

»Ich weiß, dass du mich nicht sehen willst. Du hast keinen Grund, mir zu vertrauen oder mir zuzuhören. Du glaubst, dass ich es besser hatte als du, und das stimmt vielleicht sogar. Aber ich habe die ganzen Jahre nur daran gedacht, euch alle wiederzufinden. Ich war allein, ohne zu wissen, was mit euch passiert ist. Und ich bin nur wegen dir hierhergekommen und um dich hier rauszuholen. Ich glaube, dass Papa noch lebt und wir ihn finden können. Außerdem geht dieser Ort hier bald zum Teufel. Glaub mir, ich habe fast alle Menschen verloren, die mir wichtig waren. Aber ich habe noch dich. Und ich lasse nicht zu, dass du hier vor die Hunde gehst. Hast du mich verstanden?«

Tara antwortete nicht. Sie sank einfach nur in Yulas Arme und weinte. Sie weinte sogar noch, als die kleine Gruppe schon im Shuttle saß und dem Raumhafen entgegenrollte. Anna war während Taras Eintreffen aufgewacht und hatte die ganze Szene verstört und stumm beobachtet. Sie würde später ganz sicher viele Fragen haben. Doch nicht jetzt.

Knut hatte Tara noch schnell andere Kleidung angezogen; Yula hatte ihr die Haare hochgebunden und sich um die furchtbare Schminke gekümmert. Sie hatten Tara klargemacht, dass sie in keinem Fall sprechen sollte. Ihre Aufgabe war es, einfach nur vor sich hinzustarren. Um sicherzugehen, hatte sie von Knut noch eine Spritze mit Drogenersatzstoffen bekommen, die eine gewisse Apathie erzeugten. Yula erteilte er genaue Anweisungen, wie oft sie die Prozedur wiederholen musste, bis die Abhängigkeit langsam nachlassen würde. Doch diese hörte ihm kaum zu. Sie mussten unbedingt diesen verdammten Transport erreichen. Nur noch 50 Minuten. Das wurde wirklich furchtbar knapp.

Knut hatte ein paar alte Beziehungen spielen lassen, um seine kleine Gruppe an den Kontrollen zu Bezirk C und B vorbeizubringen, obwohl Tara dafür keine Freigabe besaß. Wie er meinte, hätte er damit alle restlichen Gefallen in New Berlin eingeholt.

Etwa eine halbe Stunde später trafen sie auf Caro, Ronny und Edith und betraten den Raumhafen. Knut blieb im Eingangsbereich zurück. Er wollte zurück in seine Einsamkeit. Vielleicht war das schon bald der angenehmste Ort auf dem Mond. Auch von den Anderen hieß es Abschied nehmen.

»Kannst du nicht mitkommen, Oma?«, fragte Anna unter Tränen.

»Nein, meine Kleine. Ich werde deine Eltern suchen und finden. Verlass dich drauf. Wir sehen uns alle wieder.« Sie nahm ihre Enkelin in den Arm.

»Eine Sache noch, Yula«, mischte Ronny sich ein. »Euer Arno hat sich gemeldet und uns über einen verschlüsselten Kanal Aufnahmen vom Kanzler-Hologramm geschickt. Sobald die Menschen dafür bereit sind, werden wir ihnen die Wahrheit sagen. Dann hat auch dieser Spuk ein Ende.«

Die kleine Gruppe teilte einen letzten Moment des Innehaltens, dann ließen Yula, Anna und Tara den Eingangsbereich hinter sich und steuerten das Terminal für die Fernverbindungen an. Rechts ging es zum Checkpoint nach Kapteyn, links befand sich der nach Gliese. Für Yula wäre jede Wahl so gut wie die andere gewesen. Wenn aber auch nur die winzige Hoffnung bestand, dass sich ihr Vater auf Kapteyn befand, gab es keine Alternative.

Der Transport war noch eindrucksvoller als die UES Berlin. In geschwungener Schrift stand der Name am Rumpf: Luna 1.

Darunter war ein Datum angegeben: 4. Januar 1959. *Das ist ja schon ewig her,* dachte Yula. Was es damit wohl auf sich hatte?

Sie betraten den verwaisten Wartebereich. Offenbar waren sie die letzten noch fehlenden Passagiere. Dann wurde zum letzten Mal zum Boarding aufgerufen. Yula schulterte erneut die Taschen, hakte Tara unter, schob Anna vor sich her und bewegte ihre kleine Gruppe so Richtung Schott. Eine Kontrolle noch, dachte sie bei sich. Die Geschichte mit der autistischen Schwester war zwar ziemlich glaubwürdig, sie hatte jedoch auch Angst, dass Tara oder Anna sich verplappern würden. Niemand konnte wirklich vorhersagen, wie die Drogenersatzstoffe bei Tara wirkten. Wann hatte Knut ihr noch die letzte Dosis gegeben? War es nicht längst wieder an der Zeit? Mist, sie hätte besser zuhören sollen.

Yula spürte, dass ihre Knie weich wurden. Auf einem der Bildschirme im Wartebereich konnte sie aus den Augenwinkeln gerade noch erkennen, wie von Tumulten in den Bezirken D und C berichtet wurde. Angeblich waren die Übergänge von verschiedenen Gruppen überrannt worden. Man empfahl den Bürgern von New Berlin, vorerst nur das Nötigste im Freien zu erledigen, bis man die Lage wieder im Griff habe. Dann schloss sich hinter ihnen das Schott. Mit letzter Energie erreichten sie die wartende Beamtin im nächsten Raum. Diese hatte allerdings nur Augen für einen weiteren Sichtschirm, auf dem man nun Feuer in den Straßen erkennen konnte. Sie scannte fahrig die Implantate, prüfte die ID-Karten und schickte die sonderbare Gruppe ohne einen weiteren Kommentar durch die Kontrolle. Yula atmete auf. Ronny und Caro war es offenbar gelungen, alle Kompensationen komplett zu löschen und auch Taras Daten zu verändern.

Einen Gang weiter winkte sie ein anderer Bediensteter ungeduldig in Richtung Schleuse.

Die ganze Einweisung, die Tipps zu einer Reise in den tiefen Weltraum und den Übergang auf die künstliche Schwerkraft erlebte Yula nur wie durch einen Schleier. Sie hörte die tickende Uhr in ihrem Kopf und spürte mit jeder Sekunde eine größere Angst, dass man den Abflug noch stoppen könnte. Doch nichts geschah. Das wiederum führte sie zu der Befürchtung, dass irgendetwas falsch gelaufen war. Hatte man ihre Sabotage doch noch entdeckt? War die Zeit nicht längst abgelaufen? Auf dem Weg zu ihrer Kabine schaute Yula ein letztes Mal auf ihre Uhr. Tick-tack, tick-tack. Es war soweit.

XIII. Grenze

Das Abteil wirkte beengt. Klein, grau und schmutzig. Das sollte nun also ihr Zuhause für die nächsten Tage sein? Oder Wochen? Wie lange dauerte die Reise eigentlich? Der Kerl von der UESA hatte irgendwas von Eingewöhnungsphase gesagt, und dass man nach einigen Tagen die Möglichkeit erhalten würde, den Rest der Reise in Cryostase zu verbringen. Alles mit dem Wort Cryo klang aber erstmal nicht einladend genug. Sie würden einfach abwarten.

Es gab im Sitzbereich die Möglichkeit, die Bänke zu Liegen umzubauen. Doch für den Moment würde es auch so gehen. Nebenan befand sich ein kleines Badezimmer. Yula fühlte sich inzwischen wie eine alleinerziehende Mutter mit zwei Kleinkindern, als sie Anna unter einer dicken Decke auf der gegenüberliegenden Sitzbank vergrub und ihr flüchtig über die Wange streichelte. Tara wickelte sie danach in gleich zwei Decken, weil sie so sehr zitterte. Als sie die Lage halbwegs im Griff zu haben glaubte, ging sie für einen Moment ins Badezimmer. Sie wollte allein sein. Tränen kullerten ihr über die Wangen. Sie wusch sie mit eiskaltem Wasser ab und stellte fest, dass sie wirklich fertig aussah. Oder lag das am Licht? Selbst im Nebel und Halbdunkel West-Berlins war ihr das Spiegelbild nie so blass und eingefallen vorgekommen.

Zurück im Abteil kontrollierte sie die Türverriegelung und verabreichte ihrer Schwester die nächste Dosis des Beruhigungscocktails.

Tara hatte vor lauter Drogenersatzstoffen und starken Schmerzmitteln seit der Abfahrt beim Hotel kein Wort mehr gesagt und starrte einfach nur durch alles hindurch. Ihr Zittern zeigte jedoch an, dass Nachschub nötig war. Für den Moment war es aber erst einmal wichtig, dass alle drei überhaupt unfallfrei und unerkannt im Transport nach Kapteyn angekommen waren. Kapteyn. Yula erinnerte sich an die Zeit, als sie sich sogar die Existenz von New Berlin kaum hatte vorstellen können. Nun würde sie sogar noch viel weiter reisen.

Mit einem Ruck setzte sich der Transport langsam in Bewegung. Das Schlimmste war überstanden. *Auf Wiedersehen, New Berlin,* dachte sie. *Ich habe dich kaum gekannt.* Sie begann jedoch langsam, sich an Abschiede zu gewöhnen. Wie es wohl mit der Mondbasis weiterging? Und wie würden die Schatten auf all das reagieren? Sie dachte an Knut, Caro, Ronny und Edith. Noch mehr gute Menschen, über deren weiteres Schicksal sie vermutlich nie etwas erfahren würde.

Das Surren machte Yula schläfrig. Ihr Blick fiel auf den Gin und das eingewickelte Hologramm-Gerät in ihrer Tasche. Ob sie jemals nach Hause zurückkehren könnte, um ihrem Freund die letzte Ehre zu erweisen? Ob seine Überreste die Explosionen überhaupt überstanden hatten? Ob er ein Grab erhalten würde? Wer sollte ihn, einen mittellosen Dunklen, schon beerdigen wollen? Achim vielleicht. Das wäre aber eigentlich Yulas Aufgabe gewesen. Sie weinte.

Anna schaute gedankenverloren aus dem Fenster. Was mochte in ihr vorgehen? Sie hatte auf dem Weg zum Raumhafen so viele Fragen gestellt, und mit jeder Antwort war das kleine Mädchen frustrierter geworden.

Yula beobachtete noch eine ganze Weile den immer kleiner werdenden Mond. Als er außer Sichtweite war, stellte sich erstmals seit Tagen wieder das Gefühl von innerer Ruhe in ihr ein. Sie schloss die Augen.

XIV. Jenseits

Es war ein stürmischer Morgen in Charlottenburg. Das Wetter hatte sich in den letzten Monaten deutlich verändert. Noch vor gar nicht allzulanger Zeit konnte man an guten Tagen noch regelmäßig den blauen Himmel sehen. Nun war alles meist grau in grau. Yula und Tara störte das jedoch nicht. Sie hatten begeistert auf die Idee reagiert, zum Teufelsberg zu fahren. Ihr Vater war in den letzten Wochen eifrig damit beschäftigt gewesen, zwei Schlitten zu bauen, mit denen die beiden nun den Hang hinuntersausten. Wenn schon immer Schnee liegen würde, müsste man das auch ausnutzen, hatte er gesagt. Nun standen Kris und Jana Bozydar im Tal und beobachteten das wilde Treiben ihrer Mädchen.

Als Yula ihre Eltern vom Berg aus betrachtete, Arm in Arm, frierend, aber lächelnd, spürte sie es wieder. Irgendetwas hatte sich verändert. Sie hatten sich verändert. Ob es etwas mit dem Wetter zu tun hatte? Oder mit der leuchtenden Kuppel in Ost-Berlin, die nachts mit dem Mond um die Wette strahlte? Yula hatte vor ein paar Wochen gefragt, ob man nicht einfach mal hinfahren könne. Seitdem waren ihre Eltern stiller geworden.

In den letzten Monaten sah man immer weniger Menschen auf den Straßen, und viele verloren ihre Jobs. Einmal hatte sie ihren Vater sagen hören, dass sie und Tara erwachsen werden müssten. Schneller als gedacht. Doch was hieß das?

Ihre Eltern schauten sich nun an und fassten sich an den Händen.

Yula verjagte die düsteren Gedanken. Sie tollte weiter mit Tara im Schnee herum, und die beiden sausten mit ihren Schlitten wieder und wieder den Berg hinunter. Es war ein perfekter Tag.

Jenseits der Zeit. Vereint.

Manchmal kann eine Erinnerung eine ganze Welt bedeuten.

XV. Limbus

Yula schreckte hoch und blickte aus dem Fenster. Draußen war nichts zu sehen. Die Traumbilder verschwanden so schnell, wie sie gekommen waren.

Neben ihr saß immer noch Tara, deren halb geöffnete Augen in eine Leere starrten, die sie auch in ihrem Herzen und in ihrem Leben jahrelang gespürt haben musste. Gegenüber auf der Bank schlief Anna. Yula war dankbar dafür, dass ihre kleine Freundin offenbar völlig entkräftet die Augen geschlossen hatte.

Auch das blonde Mädchen mit den unzähligen Sommersprossen hatte alles verloren. In der Habitatzone durfte sie ein behütetes, sauberes Leben führen, hatte Freunde gehabt, ein Zuhause und eine Familie. Sie war zur Schule gegangen, hatte Sport treiben und sogar Elefanten gesehen. Und jetzt? Von einem Tag auf den anderen war das alles nicht mehr da. Annas Eltern waren vermutlich tot, ihr Zuhause zerstört, und die geliebte Großmutter auf dem Mond geblieben. Nun folgte sie einer Frau, die mit ihrer drogensüchtigen Schwester versuchte, die Welt zu retten. Noch Fragen?

Zudem blieb immer noch zu klären, welche Welt es eigentlich zu retten galt. Wodurch sollte alles noch einmal besser werden? Woran zur Hölle klammerte sich Yula da? Wie konnte sie davon ausgehen, dass dieser verrückte Plan zu irgendeiner besseren Zukunft führen würde? Wenn man es genau betrachtete, hatte sie bisher nur Tod und Zerstörung über andere Menschen gebracht. Gin, Achim, Yugo, Greta, Frank, die anderen vom Widerstand und auch Knut hatte sie auf ihrer kurzen Reise gestreift und vermutlich in den Tod geführt. Und als wäre das noch nicht genug, war unter ihr die Erde in Flammen aufgegangen. Und jetzt? Um Tara zu retten, hatte sie erneut getötet, betrogen, gelogen und die Menschen in New Berlin obendrein noch in eine ungewisse Zukunft geführt.

Yula fühlte sich wie ein schlechtes Omen. Wie konnte ausgerechnet sie glauben, die Wende zum Guten zu bringen?

Es klopfte. Schnell deckte sie Tara bis zum Hals zu und vergewisserte sich, dass Anna nicht aufgewacht war. Dann entriegelte sie die Tür.

»Herein«, wisperte sie.

Die Tür öffnete sich, und ein schlanker junger Mann in einer UESA-Uniform streckte den Kopf herein. Als er Yula sah, schlüpfte er durch den engen Spalt in die Kabine und schloss die Tür.

»Sind Sie Marie Krüger?« Er wirkte verunsichert.

»J-ja«, stotterte Yula, die sich immer noch nicht an den neuen Namen gewöhnt hatte.

»Ich weiß nicht recht, was ich von der Sache halten soll, aber ich habe eine Sendung für Sie.«

»Eine Sendung? Für mich? Von wem?«

Der Mann zog eine silberfarbene Rolle aus seiner Umhängetasche, die anscheinend mit irgendeiner Metalllegierung überzogen war. »Wir sind alle ein wenig ratlos, Frau Krüger. Diese Rolle wurde uns vor einigen Jahren übergeben, für den Fall, dass …« Er stockte.

Yula schnappte nach Luft. »Für den Fall, dass was?«, fragte sie.

»Könnten Sie mir bitte zunächst Ihre ID zeigen?« Der Mann versteifte sich plötzlich und ließ die Rolle etwas ungelenk wieder in seine Tasche gleiten.

Während Yula in ihrer Tasche nach der ID suchte, sah sie aus den Augenwinkeln, dass sich auf der anderen Seite der Kabine etwas regte. Anna. Panische Angst kroch in ihr hoch. Was, wenn die Kleine alles verderben würde? Sie kramte schneller, wurde schließlich fündig und reichte dem Mann die Karte.

Dieser studierte sie zögerlich und schien vor Erregung fast zu bersten. »Ich würde gerne noch Ihr Implantat scannen«, brachte er bebend hervor.

Als auch dieses Gerät ihm die Identität bestätigte, entspannte sich seine Haltung, und er fuhr sichtlich erleichtert fort. »Entschuldigen Sie, Frau Krüger. Die Sache ist so merkwürdig, dass ich auf Nummer sicher gehen musste. Wir haben diese Rolle mit der Anweisung erhalten, Sie Ihnen auszuhändigen, wann auch immer Sie mit diesem Transport fliegen würden. Der Auftraggeber bezahlte dafür eine horrende Kompensation, und wir mussten seitdem bei jedem Start nach Ihrem Namen Ausschau halten. Doch nie passierte etwas. Viele Kollegen hielten die Sache bereits für einen Scherz und schlossen Wetten ab. Nun ja, scheint so, als hätte ich verloren.«

Yula schmunzelte. Der Mann händigte ihr nun das Objekt aus. »Wenn Sie etwas benötigen, fragen Sie einfach nach mir, in Ordnung? Ich heiße Lars.«

»In Ordnung, danke.«

Als der Mann das Abteil wieder verlassen hatte, öffnete Yula die abgewetzte Rolle. In ihr steckte ein Blatt Papier. Doch da war noch etwas. Ein getrocknetes Gänseblümchen fiel ihr in den Schoß. Als ihre Finger das zarte Pflänzchen berührten, hatte sie das Gefühl, den Boden unter den Füßen zu verlieren. Zitternd rollte sie das zusammengefaltete Blatt Papier auseinander und las. Nach einer Weile ließ sie es sinken und begann hemmungslos zu weinen.

XVI. Sonne

Liebe Yula,

manchmal führt unser Weg an einen Punkt, der keinen Sinn zu ergeben scheint. An jedem erbärmlichen Tag versuchen wir, unsere aus den Fugen geratene Existenz irgendwie zu begreifen, damit zu leben und die Risse zu kitten.

Doch gibt es überhaupt einen Ausweg? Ist morgen nicht immer wieder gestern?

Wenn wir zu Spielbällen unserer Umwelt werden und im großen Plan nur noch eine Statistenrolle einnehmen, wie sehr beeinflussen wir unser Schicksal dann überhaupt noch?

Und so führt uns der Weg manchmal auch in eine Sackgasse, aus der ein Entrinnen unmöglich erscheint.

Es sei denn, man entscheidet sich zur Flucht nach vorn und nimmt an, was das Leben bereithält. Voraus, ins Ungewisse.

Denn eines ist ganz sicher: Nach dem Regen scheint auch immer wieder die Sonne. An manche Dinge muss man nur fest genug glauben.

Ich habe immer daran geglaubt, dass ich etwas verändern kann. Für die, die ich liebe. Ich bin einen Weg gegangen, der mir, wenn ich heute zurückschaue, wie ein Albtraum vorkommt. Ich habe gelogen, betrogen und andere Dinge getan, auf die ich nicht stolz bin. Ich habe meine Liebsten zurückgelassen und aufgehört, für sie da zu sein. War es das wert? Ich glaube schon. Das hält mich am Leben.

Ich glaube aber auch an dich, Yula. Wenn du an diesen Ort gelangt bist und diese Nachricht erhalten hast, bist du ohne jeden Zweifel auf dem Weg, den ich dir vorgezeichnet habe.

Rette die Welt. Wir sehen uns wieder.

Ich liebe dich. Dein Papa.

> *»It can´t rain all the time.*
> *The sky won't fall forever.*
> *And though the night seems long,*
> *your tears won´t fall forever.«*

Das Ende der Geschichte
folgt Anfang 2021 in:

BEYOND BERLIN
TEIL 3
AUS DER ASCHE

DANKSAGUNG

Vielen Dank an meine wunderbaren Testleserinnen Juliane Sülter, Ruth Sülter und Jacqueline Mayerhofer.

Euer Input war wieder einmal von unschätzbarem Wert für mich und hat dieses kleine Buch so viel besser gemacht.

ÜBER DEN VERLAG
IN FARBE UND BUNT

Lesen ist wie Fernsehen im Kopf!

So lautet ein Slogan, den wir für uns aufgegriffen haben.

Seit fünf Jahren ist es unser Anliegen, Ihnen ein spannendes Programm in diesem "Kopf-Fernsehen" zu bieten, das im Gegensatz zu den schwarzen Zeichen auf weißem Grund in Ihrem Kopf gerne in Farbe und so bunt wie möglich ablaufen darf.

Richtig bunt sollen die Welten also sein, in die wir Sie mit unseren Büchern entführen wollen. Nicht beliebig, nicht von der Stange. Unsere Geschichten sind nicht durch die Marktforschung gegangen, aber kommen von Herzen.

Entdecken Sie unsere Visionen.

Folgen Sie uns in Phantastische Welten. In Farbe und Bunt.

Der Verlag in Farbe und Bunt bietet Romane, Sachbücher, Comics, E-Books, Kinder-, Jugend- und Hörbücher aus allen Bereichen und für jedes Alter.

Besuchen Sie uns im Internet:

www.ifub-verlag.de

www.ifubshop.com

Björn Sülter

Es lebe Star Trek

Ausgezeichnet mit dem *Deutschen Phantastik Preis* 2019!

Das umfassendste Sachbuch in deutscher Sprache zu 52 Jahren
Star-Trek-Franchise mit allen Serien, Filmen und Geschichten
rund um die Produktion des SF-Phänomens.

(in Farbe und Bunt)

www.ifub-verlag.de

In Ein Fall für die Patchwork Kids - Leiche auf dem Freizeitdeck wird Jacks Leben vollständig auf den Kopf gestellt! Mit dem neuen Freund seiner Mutter sind auch dessen Kinder Ian und Ellie in das kleine Haus an der kalifornischen Küste eingezogen. Da ist Chaos vorprogrammiert! Nach einem missglückten Ausflug, der Jack ins Gefängnis und in die Medien gebracht hat, bietet sich den drei Kindern die Chance auf eine gemeinsame Kreuzfahrt. Was wohl schlimmer wird: Das Miteinander der Patchwork Kids, ein geplanter Juwelendiebstahl oder das Verschwinden eines berühmten Gastes?

ISBN: 9783959361248

in Farbe und Bunt

Junge Helden

Ralph Sander

Der kleine Trekkie

Ein galaktischer Comic für Trekkies jeden Alters und alle, die es
noch werden wollen, aus der Feder von Ralph Sander *(Das Star
Trek Universum)* erwartet Sie!

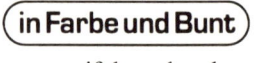

www.ifub-verlag.de